Lektorat:

Lektorat Dallmann
Dipl.-Ing. Jonas-Philipp Dallmann
Schollenhof 20
D-13509 Berlin
(030) 3384 1414
Lektorat-Dallmann@gmx.de

Jürgen Rupprecht

Gottes Krokodil

Der etwas andere Endzeitroman

Herstellung und Verlag:
BoD - Books on Demand, Norderstedt
ISBN 978-3-7412-2587-1

Jürgen Rupprecht

Gottes Krokodil

Der etwas andere Endzeitroman

Prolog

Frühjahr 2012. Es war wieder spät geworden. In der Musikkneipe saßen nur noch zwei schwer angetrunkene Rocker mit langen, fettigen Haaren. Ihre Jeans standen vor Dreck, und ihre Lederjacken rochen nach dem Tabak der letzten Jahrzehnte.

Der Wirt ging zur Anlage und sagte: „Schluss für heute, es ist schon drei Uhr in der Früh." Er wollte eben die Musik ausmachen, als einer der beiden Gäste aufsah und mit eisiger Stimme sagte: „Wenn du die Stones ausmachst, war es das für dich. Dann löschen wir dich aus."

Der Gastwirt stockte in der Bewegung. Er hatte derlei Drohungen nie viel Bedeutung zugemessen, aber der sie aussprach, war der Beelzebub persönlich, und da, so meinte er, sollte man vorsichtig sein. Lallend stimmte der Zweite zu: „Wenn ich dich nicht vorher in meine Finger kriege!"

Auch Gott war ein absoluter Stones-Fan. Wer sich schon immer die Frage gestellt hat, warum die fünf Mitglieder der legendären Rockband bei ihrem Lebenswandel noch immer am Leben sind, dem dürfte jetzt einiges klar werden. Wer Gott und Teufel zu seinen größten Fans zählen darf, braucht sich vor einem schnellen Tod nicht zu fürchten!

Nun, die beiden Kumpels hatten mit ihrem Boss noch nicht über Musik geredet, aber sie glaubten, dass auch der Tod (das war ihr Boss) die Band gern hörte, und das machte sie gewissermaßen unsterblich. Der Tod war übrigens kein Knochenmann mit Sense, wie die meisten denken, nein, weitgefehlt: Der Tod war eine sexy Blondine, die fast perfekt war – bis auf eine winzige charakterliche Schwäche: Sie liebte die Menschen. Sie hatte an dieser Spezies irgendwie einen Narren gefressen.

Davon unbeeindruckt, stand der Wirt an der Anlage und schaute zu seinen beiden Gästen.

„Zwei Bier und zwei Kurze", bestellte Gott und beendete damit die Hoffnung des Wirts auf baldigen Feierabend. Eine Stunde und etliche Bier später lallte Gott: „Was meinst du, wollen wir mal wieder die Menschheit auslöschen?"

„Im Prinzip gern, du weißt aber schon, wenn unsere Chefin das mitbekommt, reißt sie uns den Arsch auf."

Eigentlich war das Mädel ganz umgänglich, aber wenn es um die Menschheit ging, war sie humorlos. Auf die Menschen ließ sie einfach nichts kommen. Ironie oder nicht: Fast alle Menschen fürchteten sich dennoch vor ihr.

„Wenn wir nichts unwiederbringlich auslöschen, hat sie auch nichts dagegen", meinte Satan. Er hätte es eigentlich besser wissen müssen, da er einige Jahrhunderte lang mit ihr verheiratet gewesen war. Aber als er dann auf die Idee mit der Pest gekommen war, hatte sie ihn ohne Vorwarnung vor die Tür gesetzt.

„Okay, wer ist für den Untergang zuständig und wer für die Arche?", fragte Gott. Nach kurzem Hin und Her warfen sie eine Münze.

Der Beelzebub gewann. Gott war so verärgert, schon wieder für die Arche zuständig zu sein, dass er ging. Er torkelte zu seinem Auto, verpatzte den Versuch, sich in den Gully zu erbrechen und saute die Hintertür seines Luxusautos ein. Dann fuhr er nach Hause.

Kapitel 1

In Süddeutschland hat der liebevolle Umgang mit den Bewohnern des Nachbarorts eine jahrhundertelange Tradition. Okay, unsere beiden Orte trennte kein Fluss, nicht mal ein Bach, was unsere gegenseitige Abneigung zueinander nicht schmälerte, aber die Möglichkeiten, sich zufällig zu treffen, exorbitant erhöhte. Bei uns, also für beide Orte, in denen diese Geschichte beginnt, gab es zwar nur einen Bürgermeister, aber das war das einzige, was wir miteinander gemeinsam hatten. Er hatte aus dieser Position heraus das Privileg, dass die Bewohner *beider* Orte ihn nicht ausstehen konnten. Wahrscheinlich, weil jeder hoffte, dass die anderen ihn noch weniger leiden konnten, wurde er dennoch jedes Mal mit neunzig Prozent Stimmen wiedergewählt. In den Kneipen wurde noch Wochen später geschimpft, dass nur die Anderen daran schuld waren, dass man diesen Arsch jetzt weitere acht Jahre ertragen musste. Oder es waren die Ausländer gewesen. Klar durften die gar nicht wählen, nur wen interessierte das nach dem dritten oder vierten Bier? Ohnehin ist es ja immer viel leichter, die Schuld beim anderen zu suchen, und dieser Logik folgend, hatte man nicht einmal zu viel getrunken. Zehn Bier sind ja auch nicht viel. Auf keinen Fall so viel, dass man dafür die Pappe hätte abgeben müssen. Nein, es war der boshafte Polizist, der einem aus reiner Willkür und niederen Beweggründen auflauerte. Wenn man dem Gespräch weiter folgte, erfuhr man, dass Polizisten natürlich den ganzen Tag lang nichts Besseres zu tun hatten, als unbescholtenen Bürgern aufzulauern und dass nur deshalb die Verbrechen immer mehr zunahmen. Verbrecher waren selbstredend ausnahmslos Ausländer, und so schloss sich elegant ein Kreis.

Diese kruden Theorien teilten gut die Hälfte der ehrbaren Bürger, die am Stammtisch der Dorfkneipe saßen. Sie ahnten nicht, wie sehr ihr Schicksal dem ihrer verhassten Ortsnachbarn glich. Auch im Nachbarort nämlich gab es eine Dorfkneipe, einen Stammtisch und dieselben traurigen Lebensgeschichten. Natürlich hatte jeder Ortsteil eine eigene Kerwe; die der anderen besuchte man nur in großer Mannstärke und ausschließlich, um Ärger zu machen. Einhellige Meinung war, es könne ja nicht sein, dass die noch an einem verdienten! Die Einrichtung zu Brennholz zu verarbeiten war dagegen ausdrücklich im Plan vorgesehen. Da dieser Plan nicht nur wenig originell, sondern auch vorhersehbar war, warteten die jeweils anderen natürlich schon immer auf die Angreifer, und so geschah insgesamt nur wenig, weil die Kräfte sich wundersam ausglichen.

In der Natur führen ausgeglichene Kräfte meist dazu, dass man sich aus dem Weg geht. Hier verhielt es sich anders. Hier flogen schon wenige Minuten nach dem Eintreffen der Konkurrenten die Bierkrüge. In meiner Jugend war es bei jedem ersten Schnee im Jahr üblich, eine gigantische Schneeballschlacht zu veranstalten, Gegner: der Nachbarort. Danach beanspruchte jede Partei den Sieg für sich, weil eine Niederlage gegen den Konkurrenten undenkbar war. Bei dieser Bewertung war es übrigens unerheblich, wie viele Verluste man zu beklagen hatte.

Jahre später dann kam es nicht in Frage, mit einem Mädel von denen was anzufangen. Okay, ich hätte mir das zwar vorstellen können, aber ich war noch in der Ausbildung und hatte einfach nicht die Kohle, um danach den Kontinent zu verlassen. Aber lassen wir die Kirche im Dorf. Es blieb alles im Rahmen bis ... ja, bis zum Sommer 2012.

Am Ende dieses dräuenden Schicksalsjahres sollte die Welt untergehen. Zumindest endete da bekanntlich der ominöse Mayakalender, und wenn es nach der einhelligen Meinung der Stammtische ging, würden wir alle bald draufgehen. Da die alten Herren nicht die einzig geistig Limitierten waren, dachten andere Teile der Bevölkerung im Nachbardorf: klasse! Wenn wir schon alle sterben müssen, dann hauen wir vorher nochmal voll auf die Kacke. Kurz: Für den Weltfrieden war es nicht besonders gut, dass bei uns zwei Gruppen lebten, die sich genau auf demselben intellektuellen Niveau bewegten.

Es führte nämlich dazu, dass das Ganze am Ende aus dem Ruder lief ... Doch dazu später.

In anderen Büchern wäre ich hier der Allwissende Erzähler, so nennt man das jedenfalls. Ehrlich gesagt: Ich bin weit davon entfernt, allwissend zu sein. Ich bin nicht mal unparteiisch. Ich werde mich jetzt also etwas zurücknehmen und zum Start von allem erzählen. Erzählen wir also von Mario aus Althausen.

Anmerkung des Lektors: „Haben wir da nicht was vergessen?"

„Nein, was?" Ich bin mir keiner Schuld bewusst.

„Ortsbeschreibungen. Woher soll der Leser wissen, wie es da aussieht?" Eigentlich nervt es mich, zuzugeben, dass er Recht hat, aber ich verspreche, noch ein paar saftige Beschreibungen in den Text zu rühren, gut abgeschmeckt mit überflüssigen Details.

Mein Lektor verdreht die Augen und antwortet in resigniertem Ton: „Ich bekomme eindeutig zu wenig Geld."

Kapitel 2

12. September 2012: Althausen, ein Zweitausend-Einwohner-Nest im Süden Deutschlands. Ende der siebziger Jahre des letzten Jahrhunderts wurden Althausen und Neuhausen zusammengelegt, genauer: „Für die Gebietsreform der Gemeinden wurde eine Reihe von Grundsätzen entwickelt, die auf eine Vergrößerung der bestehenden Einheiten durch Vereinigung benachbarter Gemeinden abzielte. Ziele waren unter anderem Einsparungen und Effizienzsteigerung der Kommunalverwaltung und weiterer Einrichtungen, die aber nicht notwendigerweise eintraten; vielmehr führten Zusammenlegungen auch zu einer Verringerung von Effizienz und Effektivität."
Ich habe es nicht ganz verstanden, das stand jetzt in der Wikipedia.
Althausen war katholisch. Das größte, älteste und höchste Gebäude war die Kirche aus dem 12. Jahrhundert; leider blieb 1945 nicht allzu viel davon übrig, sodass sie jetzt eigentlich aus der Mitte des 20. Jahrhundert war. Althausen war umgeben von Getreidefeldern. Ohne große Industrie gab es wenig Gründe, dort hinzukommen. Einziger Stolz waren die drei Schweinebauern im Ort, die das Geruchsbild eindeutig geprägt haben, ja, und ein recht erfolgreicher Dorffußballverein. Die DJK hat es in den Achtzigern sogar mal in die vierte Liga geschafft, davon zeugte inzwischen allerdings nur noch ein runtergekommenes Stadion. An den Randgebieten des alten Ortskerns standen vereinzelt Neubauten, gebaut von Städtern, die natürlich nie richtig dazugehören würden.
Mario war nicht der Hellste in Althausen, aber er hatte die härteste Rechte. Das und weil der Rest der Bande nur weiche Semmeln im Schädel hatte, machte ihn zum Anführer. Sie trafen sich jeden Montag in der Kneipe der Kleintierzüchter. Mario war ein fast zwei Meter großer Typ; seine Haare hatten ihre Farbe behalten, nur ihre Anzahl hatte in

den letzten zwanzig Jahren stetig abgenommen. Jetzt, mit Anfang Vierzig, ging seine hohe Stirn bis zum Hinterkopf. Nach dem Tod seines Vaters hatte Mario dessen Bäckerei übernommen. Seit diesem Tag gab es immer, wenn er abends einen über den Durst getrunken hatte, kleine, hohle Brötchen, also praktisch täglich.

Heute, also an dem Tag, als diese Geschichte anfängt, war Mario sehr aufgewühlt. Gestern hatte er seine Frau, eine hübsche Blondine, die als Friseuse arbeitete, zum Essen ausgeführt. Zwar war Mario geiziger als alle Schotten und Schwaben zusammen, aber am zwanzigsten Hochzeitstag musste er schon mal über seinen Schatten springen. Er zog also seinen besten Anzug an und führte sie groß aus, zu McDonald's. Danach ging es noch groß ins Kino. Sie wollte eigentlich einen Liebesfilm sehen, aber Mario kaufte Karten für Robert Emmerichs „2012".

Die Stimmung war völlig im Arsch. Mario konnte es gar nicht verstehen, wo er sich für sie doch so in Unkosten gestürzt hatte! Im Kino erfuhr er dann vom Mayakalender und davon, dass das Ende aller Tage nahe war. Klar war das Hollywood, und denen konnte man nicht glauben. Aber irgendwie ließ ihn das nicht mehr los. Er guckte heimlich auf Wikipedia nach, und tatsächlich, es war schlimmer, viel schlimmer, als er es sich in seinen schlimmsten Alpträumen ausgemalt hatte. Diese Nacht konnte er nicht schlafen, und weil seine Frau ihn ignorierte, lag er wach im Bett und gab sich seinen Gedanken hin.

Leider war Denken nicht so seine Stärke, aber das Ergebnis dieser Nacht stellte er jetzt dennoch seinen Freunden vor: „Wenn wir schon alle abkratzen, dann machen wir den Neuhausenern vorher das Leben noch amtlich zur Hölle!", verkündete er voller Elan.

Während der größte Teil der Gruppe stumpfsinnig nickte, stellte ausgerechnet Detlef, der Chef seiner Frau, die Frage, die Mario in seinen Gedanken gar nicht durchgespielt hatte: „Warum sollten wir das tun? Und was ist, wenn die Welt dann doch nicht untergeht?"

Marios Gesichtsfarbe wechselte augenblicklich von einem Bluthochdruckrot zu einem Zorndunkelrot. Detlef war ein typischer

Friseur: dürr, manikürte Fingernagel, volles Haar und stockschwul. Kurz: Mario hätte ihn am liebsten nach Neuhausen ausgewiesen. Aber das ging ja nicht, sie brauchten die paar Kröten, die seine Gattin dort verdiente. So kämpfte er mannhaft den Drang nieder, ihm einfach eins auf die Fresse zu hauen und ignorierte ihn.

Conny kam jetzt und stellte fünf halbe Export auf ihren Tisch. Alle Blicke folgten der brünetten Zwanzigjährigen, deren Top gerade so wenig verdeckte, dass man vorn das Piercing und hinten das Arschgeweih auf der solariumgebräunten Haut sah.

Gut, alle Blicke stimmt jetzt nicht ganz: Detlef sah schmachtend Dieter an. Dieter war Bodybuilder, eigentlich ein cleverer Bursche, jedoch war das gewesen, bevor er sich die falschen Sachen eingeworfen hatte. Jetzt saß er lange da und starrte irgendwo an die Wand oder Conny hinterher.

Auch Ingeborg sah dem jungen Mädel nicht hinterher. Sie sah vielmehr wütend auf ihren Mann und trat ihm mit voller Kraft ans Schienbein, sodass er den Ausblick nicht mehr genießen konnte. Sie als Frau zählte hier freilich irgendwie nicht, doch nachdem sie herausgefunden hatte, dass Klaus, ihr Mann, sie betrog, folgte sie ihm überallhin. Zu ihrer beider Pech blieb der Nachweis seines Seitensprungs nicht ganz geheim. Klaus, ein leicht beleibter Achtunddreißigjähriger, arbeitete als Fahrer des Bürgermeisters. An diesem unseligen Tag fuhr er seinen Boss samt Gattin und zwei Kindern zur Achthundert-Jahr-Feier der großen Kreisstadt. Die Feier war langweilig, die Gäste doof, die Musik scheiße, und der Alkohol wurde in viel zu kleinen Gläsern ausgeschenkt.

Mangels anderer Räumlichkeiten verzog Klaus sich mit seiner Geliebten aufs Frauenklo. Der Nervenkitzel war genial. Sie liebten sich, immer darauf bedacht, sich nicht zu verraten. Als sie fertig waren und keiner vor den Kabinen zu hören war, ging Klaus raus, um der Enge der blöden Kabine zu entrinnen und zog sich dabei an. Er war gerade bis zum Waschbecken gekommen und hinter ihm zog sich Marion gerade den Schlüpfer hoch, als plötzlich die Tür aufging. In der Tür stand eine Zwölfjährige in rosa Kleid und Zöpfen und schaute mit aufgerissenen Augen den Fahrer ihres Papas an, der untenrum nackt neben dem Waschbecken stand – und ihre Mutter, die mit nacktem Hintern auf dem heruntergeklappten Toilettendeckel saß. Die Sekunden zerrannen wie in Zeitlupe. Dann schrie die Kleine. Sie schrie so laut, dass alle, wirklich alle, herbeigerannt kamen.

Von irgendwoher bemerkte Klaus Blitzlichter. Er erkannte einen Reporter der regionalen Zeitung. Noch bevor er die Hose ganz oben hatte, war er arbeitslos. Deshalb saß Ingeborg jetzt am Stammtisch neben ihrem Klaus, um sicherzugehen, dass er sie nicht mehr betrog. Jetzt, nachdem Klaus sich seinem schmerzenden Schienbein widmete, strickte sie weiter an ihrem Schal. Die Gruppe wandte sich endlich ihren Getränken zu. Nachdem Detlefs halbherziger Widerstand gebrochen war und die beiden anderen signalisiert hatten, dass sie Mario glaubten, änderte sich die Zeitrechnung in Althausen: Bis eben noch war einfach der 12. September gewesen, jetzt waren es noch genau 111 Tage bis zum Weltuntergang.

Mario sah strafend zu Ingeborg. „Könntest du endlich mal mit diesem Geklapper aufhören?", fragte er in einem gereizten Ton und verstummte, als Ingeborgs eiskalt strafender Blick ihn traf.

Vier Bier und eine Stunde später war der Plan geboren: Wenn wir schon alle untergehen, dann sorgen wir wenigstens dafür, dass sich unsere Feinde an uns erinnern. An dieser Stelle gab es, der Leser hat es bestimmt längst gemerkt, einen logischen Denkfehler, der aber keinem auffiel: Wenn die Welt unterging, würde es Neuhausen natürlich auch erwischen, und wer sollte sich dann noch an irgendwas erinnern und warum? Aber es war vier Bier später, wie gesagt

Am selben Abend kurz vor Mitternacht schlichen sich drei Männer schwarz gekleidet rüber nach Neuhausen. Ihre Gesichter hatten sie sich mit Kohlenstaub beschmiert. Das war übrigens völlig überflüssig, denn wenn sie bemerkt worden wären, dann eher wegen des schrecklichen Singsangs, den sie auf ihrem Fußmarsch anstimmten.

Am Donnerstag trafen sich die Angler von Neuhausen immer im Vereinsheim. Unweit von ihrem kleinen Weiher war eine Kuhweide. Mario versuchte, über den elektrischen Weidezaun zu steigen. Dazu drückte er den Draht nach unten und schwang das Bein voller Elan darüber. Dann kam der Stromschlag. Vor Schreck und Schmerz ließ er los, der Draht schnalzte hoch und schlug ihm schmerzhaft in die Familienplanung. Augenblicklich schossen ihm Tränen in die Augen. Er beugte sich nach vorn, die Schmerzen waren unmenschlich.

Seine Begleiter bogen sich auch – vor Lachen. Dann kam der nächste Stromschlag, der sich seinen Weg durch seine Eier suchte. Mario schrie auf und sprang auf die Weide, wo er sich auf dem Boden wälzte, inmitten eines saftigen Kuhfladens. Er brauchte wirklich etwas Zeit, um sich wieder aufzuraffen, und währenddessen rückte das Ende der Welt mittels Datumsgrenze unerbittlich näher: Während Mario sein Lieblingshemd für immer zerstörte, blieben der Welt nur noch 110 Tage. Hätten die Mayas geahnt, was sie hier losgetreten hatten, hätten sie den Kalender bestimmt einfach hundert Jahre länger gemacht. Eigentlich hätte er wirklich ein paar Jahre länger gehen sollen, doch an dem Tag hatte es das Lieblingsessen des Kalenderschreibers gegeben, und am nächsten Tag wollte er in Urlaub. Das (und weil das blöde Ding einfach endlich fertig werden musste) führte dazu, dass er 2012 endete. Eigentlich kein Drama, aber wenn man den Neuen schreiben muss, also den von 2012 bis 2612, vielleicht schon. Aber wer hat schon den Job, den er will und der ihm Spaß macht?

Von derlei philosophischen Überlegungen unbehelligt, stiegen Detlef und Dieter über den Draht, legten jedoch ihre Jacken über das Kabel. Dann näherten sie sich vorsichtig den Tieren. Völlig korrekt erkannte Detlef: „Tütü, das sind aber große Bullen!"

„Du als Experte solltest es eigentlich besser wissen, das sind Ochsen!", pustete Mario.

„Wie meinst du das?", mokierte sich der Friseur.

„Ich meinte nur, dass männliche Geschlechtsorgane genau deine Welt sein sollten." Und nach einem Blick in das verständnislose Gesicht seines Gegenübers fügte er hinzu: „Die haben keine Eier mehr."
„Wer macht denn so was? Diese Neuhausener sind ja Monster!", regte sich Detlef auf.
Danach teilten sie sich auf und versuchten die Tiere zu umzingeln. Die Rinder interessierte es freilich wenig, was die Vier taten. Sie lagen mehr oder weniger an ihrem Platz und sahen dem seltsamen Treiben der zweibeinigen Erdenbewohner unbeteiligt zu. In kürzester Zeit hatten die Männer die Ochsen gefangen. In Wirklichkeit waren die Ochsen Milchkühe, und diese verspürten wenig Neigung dazu, abzuhauen. Zum Verlassen der Weide benutzten sie diesmal das Gatter; der Schmerz war noch zu sehr präsent im Gedächtnis ihres Anführers.

Kurz nach eins dann hatten sie die Scheibe des Fischerheims eingeschlagen und waren reingeklettert, um festzustellen, dass die Tür von innen genauso abgeschlossen war wie von außen, also gar nicht. Schnell brachten sie die Kühe in den Klubraum und klauten jeder noch zwei Bier aus dem Kühlschrank als Wegzehrung. Dann tippelten sie zurück nach Althausen.
In dieser Nacht fing es an zu regnen, und vielleicht hätten die Angler geglaubt, dass die Kühe von der Weide geflohen waren, um sich in dem Vereinsraum unterzustellen, hätte Dieter nicht dummerweise seine Jacke über dem Weidezaun hängen lassen.

Kapitel 3

13. September 2012. Neuhausen war in Bezug auf Größe und Umland kaum zu unterscheiden von Althausen, aber hier lebten Protestanten. Die Kirche war um 1910 gebaut worden, ein schmuckloser, hässlicher Bau. Da die Engländer ihn nicht bombardierten, überdauerte der hässliche graue Kasten mit dem winzigen Turm den Weltkrieg und war somit genaugenommen sogar älter als der Katholikenbau im Nachbarort. Der ganze Stolz des Dorfes war der Handysendemast, den die Telekom Ende 2010 am Ortsrand errichtet hatte, um die Netzabdeckung in den ländlichen Gebieten zu verbessern. Dann gab es da noch eine Schnellbahntrasse für den ICE, die durch den Ort führte, was die Lebensqualität nur unwesentlich verschlechterte. Mitte des zwanzigsten Jahrhunderts war geplant worden, den nahegelegenen Fluss zu stauen, um Strom zu gewinnen. Der Stausee hätte Neuhausen am Rand geflutet (man könnte jetzt darüber philosophieren, ob das ein Verlust gewesen wäre oder nicht). Fakt ist jedoch, dass die Bahntrasse (damals noch nicht für den ICE, sondern für Züge, die zu dieser Zeit schnell waren) wichtig war, und nur deshalb gab es dieses Nest überhaupt noch. Nun, die Dankbarkeit dafür hielt sich bei der kleinen Bürgerwehr gegen den Zuglärm in Grenzen.

Natürlich gab es auch hier einen Fußballverein, aber der über die Kreisliga nie hinausgekommen. Aber: Es gab einen Angelverein. Mh, mir fällt gerade kein positiv besetztes Adjektiv ein, das eine solche Gruppe von Menschen beschreibt, aber ob man es nun glaubt oder nicht: Die Neuhausener Angler waren über die Ortsgrenzen hinaus bekannt. In der Summe gab es also, wenn man ehrlich ist, genauso wenig Grund, freiwillig nach Neuhausen zu kommen wie nach Althausen.

Ralf und Sam waren an diesem Donnerstagabend schon früh auf dem Weg zu ihrem Vereinsheim: Noch mal kurz lüften und ein paar

Bierchen in den Kühlschrank nachlegen, bevor die anderen Vereinskameraden kommen würden. Ralf war der Präsident des Fischervereins – ein kleingewachsener Übergewichtiger mit lichtem, fettigen Haar. Er war zu seinem Ehrenamt gekommen, wie jeder zu solchen Ämtern kommt: Man sagt nicht rechtzeitig nein. Auch ich, euer fast allwissender Erzähler, habe damit negative Erfahrungen gemacht, das gehört aber jetzt nicht hierher ... Sam war halb Amerikaner: groß, muskulös und dumm wie Schifferscheiße. Als erstes bemerkten sie, dass die Tür nicht abgeschlossen war. Aber das zerbrochene Fenster nur zwei Meter neben der Tür brachte die beiden irgendwie nicht zum Nachdenken.

Ralf riss die Tür auf – und schaute der Kuh, die dahinter stand, direkt in die Augen. Dann leckte sie ihm mit ihrer rauen Zunge über das Gesicht, was sich ungefähr so anfühlte wie Schmirgelpapier. Der Vereinsvorsitzende merkte das aber schon gar nicht mehr, weil er bereits die Besinnung verloren hatte und sich auf dem Weg in Richtung Erdboden befand. Als er wieder aufwachte, lag er auf der Eckbank. Keiner beachtete ihn, und es stank nach Kuhscheiße. Gerade kam Sam zurück, mit einer Jacke, deren Rücken der Schriftzug *DJK Althausen* zierte.

„Das hab ich draußen gefunden!"

Alle schauten sich fassungslos an. Egon, Zwei-Meter-Hüne, Glatze, Oberarme wie andere Oberschenkel, fand zuerst seine Stimme wieder.

„Das ist voll gemein von denen. Da kann man nichts machen."

Wahrscheinlich hatte er zu lange Muttermilch bekommen, zumindest war der Skinhead das mit Abstand größte Weichei in ganz Neuhausen (er erinnerte seine Freunde irgendwie an Axel Schulz). Ob Egon auch wie ein Mädchen zuschlagen würde, werden wir aufgrund seines friedlichen Gemütes wohl nie erfahren. Nachdem sie mit der Jacke des Attentäters notdürftig den Boden von Kuhexkrementen gereinigt hatten, tranken sie erstmal ein Bier. Leider war der Bestand nicht mehr allzu hoch; zum einem war der Kühlschrank leer, und zum anderen hatte Ralf beim Umfallen reichlich Nachschub mit in den Tod gerissen. In einer gerechten Welt hätte ihm daraus niemand ein Vorwurf gemacht. Haben sie schon mal auf ihren Lohnzettel gesehen? Die Welt ist nicht gerecht. Und so bekam er das nicht nur den ganzen Abend aufs Brot geschmiert, nein, wegen des empfindlichen Mangels musste er auch noch auf ein Ersatzgetränk umsteigen. Im Kühlschrank war noch H-Milch; immerhin durfte er die aus einem Bierglas trinken.

Im Laufe des Abends kam ihnen dann eine Idee, wie sie es den verhassten Althausenern heimzahlen konnten. Sie verabredeten sich für Freitag- auf Samstagnacht. Ein anderes Problem hatte nicht so viel Zeit: Sie mussten ihr Vereinsheim sichern. Dazu hatte Sam eine Idee: Notdürftig vernagelten sie das eingeschlagene Fenster mit morschen Brettern und gingen.

Später in der Nacht schlichen zwei Vermummte zu der abgelegenen Hütte. Als sie sahen, dass alles ruhig war und kein Licht brannte, kamen sie näher. Es waren Dieter und Klaus. Der eine wollte seine Jacke zurück, der andere wurde von seiner Ehefrau so knapp gehalten, dass die Aussicht auf ein paar kostenlose Biere im Kühlschrank der Angler ihn todesmutig von Zuhause hatte ausbrechen lassen. Na ja, so todesmutig dann doch nicht, er hatte seiner Ingeborg vorsichtshalber eine halbe Flasche Schlafmittel in den Tee gekippt und gewartet, bis sie auf dem Sofa laut geschnarcht hatte.

Bestürzt sahen die beiden, dass das Fenster verschlossen worden war, doch Dieter erklärte seinem Begleiter, dass die Tür schon letzte Nacht nicht abgeschlossen gewesen sei. Vorsichtig drückte der Bodybuilder die Klinke nach unten.

„Stopp!", warnte Klaus. „Wenn das eine Falle ist?"

„Blödsinn, da sind die viel zu doof für", antwortete Dieter. Das leuchtete Klaus ein, und so nickte er zum Zeichen, dass er die Tür öffnen sollte.

Das erste, was Dieter in dem Schwarz des Raumes sah, waren zwei rote Punkte. Dann hörte er ein tiefes Knurren. Dieter kam noch ein kurzes „Oh, Scheiße!" über die Lippen, aber in dem Moment, in dem er sich umdrehen wollte, um wegzulaufen, sprang die Bestie los. Ja, der Dobermann hatte ihn am Arsch. Und was noch schlimmer war: Er ließ nicht mehr los. Klaus rannte, als ging es um sein Leben. Sein Freund mit dem Sechzig-Kilo-Koloss am Hintern kam weniger flott voran.

„Warte!", rief er seinen Kameraden hinterher. Doch der hörte ihn schon nicht mehr.

Doch letzten Endes gibt es für alles Gerechtigkeit. Sokrates begreift in der *Nikomachischen Ethik* (fragt mich nicht, was das ist, wenn ihr nicht als saudämlich dastehen wollt!) gerechtes Handeln als Voraussetzung für das anzustrebende Gute, das er mit dem Glück gleichsetzt. Dies betrifft sowohl den Einzelnen als auch die demokratische Polis, die auf von freien Bürgern errichtetem Recht und Gesetz beruht. Rechtes Handeln ist danach die Folge von rechter Einsicht. Unrecht zu tun, so zitiert Platon Sokrates zustimmend, ist schlimmer, als Unrecht zu erleiden. Wer Unrecht tut, der schadet sich nämlich nur selbst. Der sich selbst erkennende Mensch dagegen meidet das Unrecht freiwillig. Achtung: Diese Gedanken sind mühelos auf alles anzuwenden, was nun folgt.

Als Klaus leise die Tür aufschloss, um sich zurück in seine Wohnung zu schleichen, stand Ingeborg im Halbdunkel. Das, was er darin aufblitzen sah, muss eine Lichtreflektion auf dem blanken Stahl ihrer gusseisernen Pfanne gewesen sein, dann wurde alles schwarz.

Drei Tag später wachte Klaus im Krankenhaus wieder auf, einen Turban um den Schädel. Noch bevor er die Augen öffnete, hörte er das Klappern der Stricknadeln. Erst dachte er, es wäre die Hölle. Als er die Augen öffnete, keifte Ingeborg ihn an: „Wo warst du? Wieder bei einer anderen? Diesmal schneide ich sie dir ab!"

Klaus sagte nichts. Er schloss die Augen und drehte sich einfach weg. Es war schlimmer als in der Behausung des Fürsten der Finsternis. Es war seine Frau. In diesem Moment wünschte er sich, der Hund hätte ihm in den Allerwertesten gebissen und nicht seinem Freund. Ob das jetzt gerecht ist oder nicht, mag jeder selbst entscheiden. Der Vollständigkeit halber sollte man vielleicht noch erwähnen, dass Dieter am Ende doch noch die Flucht gelang – unter Verlust seiner Jeans. Er hatte eine tiefe Bisswunde, die sich entzündete. Noch Wochen nach dem Weltuntergang konnte er noch nicht schmerzfrei sitzen. Aber wir nehmen allwissend vorweg, was erst noch geschehen wird, indem wir es aufschreiben.

Am Freitagabend, eine Woche später, trafen sich vier Männer aus Neuhausen, um die *Mission Rache* durchzuführen. Alle außer Egon. Der hatte angerufen und sich entschuldigt mit der Begründung, dass er ganz dringend Wäsche waschen müsse, und das ginge nur am Freitag um 19 Uhr. Ralf hatte das einfach mal so zur Kenntnis genommen. Der Rest der Gruppe war weniger tolerant. Sam wollte ihn sogar nach Althausen ausweisen, aber das ging natürlich nicht. Thomas, der Automechaniker im Club, hatte wie versprochen ein kleines Fass Altöl mitgebracht. Sam kam im schwarzen Anzug und mit dunkelgrauem Hemd und sah eher aus, als wolle er zu einer Party. Drei Männer waren für das, was sie vorhatten, sehr wenig. Da kam überraschend Gaby, die Freundin von Egon. Der Bodybuilder folgte ihr wenig begeistert.

„Was ist mit deiner Schmutzwäsche?", fragte Sam lästernd.

„Das habe ich ihn heute ausfallen lassen. Freunde lässt man nicht in Stich", erklärte Gaby in einem Ton, der keine Widerworte zuließ.

Egon sah unglücklich aus, nickte aber zustimmend.

„Also los, Sam, hol Obelix aus dem Vereinshaus! Wenn es hart auf hart kommt, brauchen wir den Hund vielleicht."

Zu fünft fuhren sie ins Feindesland. Am Sportplatz parkten sie; heute war das Bezirkspokalspiel der DJK Althausen. Anpfiff war um halb acht, um diese Zeit dämmerte es schon. In der Halbzeit führte die DJK mit 2 : 0. Pünktlich um halb zehn dann startete die zweite Hälfte. Inzwischen war es völlig dunkel, der Parkplatz menschenleer. Leise hoben sie das Altölfass vom Pickup, öffneten es und tränkten ihre erbeuteten Kleider, Dieters Jacke und dessen zerrissene Jeans mit Öl. Dann fingen sie an, die Fahrzeuge auf dem Parkplatz mit der schwarzen, schmierigen Masse einzusauen. Kurz vor dem Abpfiff, es stand 2 : 2, hatten sie alle Wagen eingeschmiert.

„Jetzt schnell weg hier!", rief sie Ralf die Truppe zusammen.

Sie flüchteten, ohne das Fass mitzunehmen. Dieters Wagen bekam eine Sonderbehandlung: Da er als der Schuldige für die Verwüstung im Anglerheim galt, stachen sie ihm die Reifen kaputt, zerkratzten den Lack seines Opel Astra und urinierten am Ende in den Kühler.

Kapitel 4

Noch 102 Tage bis zum Weltuntergang. Mario tobte. Wie konnte man nur so doof sein und eine Zwei-Tor-Halbzeitführung wieder hergeben? Er hatte schon eine schlimme Vorahnung gehabt, als es nach neunzig Minuten 2 : 2 stand, und kurz vor 23 Uhr dann geschah die Katastrophe: Der Torwart griff neben den Ball, und sie schieden mit 2 : 3 aus. Dann kam noch Detlef.

„Na, mein Großer, warum regst du dich denn auf? Ist doch egal, das Finale wäre eh erst nach dem 31. Dezember gewesen."

Einen Moment lang überlegte Mario, was seine Frau im Monat verdiente und ob sie auf das Geld wirklich angewiesen waren. Dann schlug er Detlef aus den Schuhen.

„Das Schmerzensgeld zahl ich dann auch erst im Januar!"

Vielleicht wäre das Ganze eskaliert, wären sie nicht auf den Tumult auf dem Parkplatz aufmerksam geworden. Sie wollten schon hingehen, da kam Dieter mit vor Zorn bebendem Gesicht und pechschwarzen Händen ihnen entgegen.

„Ich bring die Schweine um! Kommt, wir gehen zum Schützenverein und holen die Gewehre", tobte Dieter.

„Halt, halt, erst mal ganz ruhig! Was ist denn passiert?", versuchte Mario seinen Freund in dessen Mordlust zu stoppen.

Zusammen liefen sie zum Parkplatz. Was Mario dort sah, ließ ihn zu Boden sinken. Der Gestank war unvorstellbar, doch der Dreck stand ihm in nichts nach. Zu allem Überfluss kam auch noch der Präsident des gegnerischen Vereins und forderte, dass die DJK für den Schaden aufkommen solle. Mario ließ ihn einfach stehen und wandte sich den anwesenden Althausenern zu: „Sagt allen, wir treffen uns morgen 18:00 in unserer Gaststätte. Dann besprechen wir, was wir tun. Sagt es allen!"

Während Detlef und Dieter losgingen, schlug die Kirchturmuhr Mitternacht. Althausen blieben noch 101 Tage bis zum Untergang.

Am nächsten Morgen war Dieter bei Klaus. Er brauchte jemanden, der ihm half, seinen Wagen zur Werkstatt zu bringen. Klaus war erst vor zwei Tagen aus dem Krankenhaus gekommen, und Ingeborg machte einen auf besorgte Ehefrau, kurz gesagt: Sie wollte ihn nicht allein weglassen. Aber nachdem Klaus im Krankenhaus bei einer Gewalt-in-der-Ehe-Beratung gewesen war, befürchtete Ingeborg, dass er bei der Polizei Anzeige erstatteten würde, und so stimmte sie zu – jedoch nicht, ohne nicht zuvor übelste Drohungen ausgesprochen zu haben.

Klaus hängte derweil den Anhänger an seinen VW-Bus und war froh, als sie endlich weg waren. Es waren nur wenige Meter zum Parkplatz, wo die übel zugerichteten Wagen standen. Auf der kurzen Fahrt stellte Dieter die Frage, die den ganzen Ort interessierte: „Wieso lässt du dich nicht scheiden?"

„Weil ich gern lebe", antwortete Klaus sofort. Es kam so spontan, dass man ihm einfach nur glauben konnte. Um das eben Gesagte aufzulockern, fügte er noch scherzhaft hinzu: „Und hätte sie mir die Pfanne nicht übergezogen, wäre mein Auto jetzt auch Schrott."

Leider verfehlte der Scherz seine Wirkung. Als sie den völlig verschmierten Opel auf dem Hänger hatten, meinte Klaus nach einem Blick auf seine verschmierten Hände und Klamotten: „Wir hätten besser den ADAC anrufen sollen."

„Habe ich. Die kamen, sahen ihn an und sagten, ich soll meinen Scheiß selber machen."

„Sauerei. Bist du ausgetreten?"

„Nein. Sonst wollen sie sofort die Beiträge für die letzten Jahre", erklärte Dieter.

Eine Stunde später standen sie auf dem Hof der Opel-Werkstatt. Der Mechaniker streckte den Daumen nach oben, als er Klaus sah und machte mit seiner Hüfte eindeutige Bewegungen. Danach kam er zu ihnen und machte mit den Worten: „Geile Aktion!" High five mit Klaus.

Dieter beachtete er gar nicht. Ungeduldig räusperte sich der Ignorierte.

„Was gibt es", fragte er gereizt.

Dieter deutete auf das Auto.

„Vergiss es. Erst reinigen, so kommt er mir nicht auf den Hof!"

„Du bist witzig, ich hab vier Platten. Wie soll ich da in eine Waschstraße fahren?", fragte Dieter.

„Willst du eine ehrliche Antwort? Es geht mir am Arsch vorbei! Aber so versifft bekommst du ihn nicht mal auf dem Schrottplatz los."

Als sie vom Hof fuhren, meinte Klaus voller Zuversicht zu seinem Freund: „Dann fahren wir jetzt einfach zu einer Waschstraße."

Gesagt, getan. Eine Viertelstunde später standen sie vor einem fassungslosen Clean-Park-Besitzer, der ihnen den Vogel zeigte und sie unter Androhung von Gewalt von seinem Gelände jagte.

Dann kam Dieter die rettende Idee. Er wusste einen Platz, wo man ganz sicher sein Auto waschen konnte und bestimmt nicht gestört würde. Wenig später parkte Klaus den VW-Bus samt kontaminierter Fracht neben einem kleinen See im Naturschutzgebiet.

„So, hier können wir ihn putzen", verkündete Dieter und zeigte auf das Wasser.

„Bist du völlig bescheuert? Wenn die Bullen kommen, sind wir dran!", versuchte Klaus seinen Freund von dem Plan abzubringen.

„Wer soll hier schon herkommen? Uns erwischen die nie, dazu bin ich viel zu schlau", erklärte Dieter selbstbewusst.

Sie kamen schnell voran und waren schon halb fertig, als ein blauuniformierter Beamter kam und saudumm fragte: „Was machen Sie denn hier?"

Scheint eine Masche von Polizisten zu sein, immer das Offensichtliche zu fragen. Wahrscheinlich sagt der Dozent auf der Polizeischule ihnen: Schauen Sie sich ganz genau an, was der Verdächtige tut, und wenn sie sich sicher sind, es zu wissen, fragen sie ihn danach.

Dieter dachte, die Situation mit einem flotten Spruch auflockern zu können: „Nach was sieht es denn aus, Einstein?"

Dann brach die Hölle los. Feuerwehr, Umweltbundesamt, THW, Forstamt, Greenpeace, BUND der Osterhasen und die NSA stürmten das Naturschutzgebiet. Letztere kamen aus purer Langeweile; auf Dauer private E-Mails lesen füllt keinen Arbeitstag aus.

„Diesen Einsatz müssen Sie bezahlen. Dazu kommen die Kosten für Folgeschäden, Sie Umwelt-Terrorist!", erklärte ihm der Polizist, bevor sie beide in Handschellen abgeführt wurden.

„Ja, und das Fahrzeug muss gereinigt werden", rief er ihnen noch hinterher.

Dieter schossen einige Dinge den Kopf, die alle den Tatbestand der schweren Beamtenbeleidigung erfüllt hätten, doch er schwieg. Letztlich hatten sie Glück im Unglück: Der Staatsanwalt sah keine Flucht- und auch keine Verdunkelungsgefahr; für beides hielt er sie schlicht für zu doof.

Am Abend desselben Tages trafen sich fast fünfzig Althausener in der für die Besucherzahl viel zu kleinen Vereinskneipe der Kleintierzüchter. Die Stimmung war gereizt. Nicht wenige wollten den Nachbarort stürmen und die Missetäter lynchen. Mario genoss es zu sehen, wie sie ihren Phantasien freien Lauf ließen, um dann, als die Emotionen am Überkochen waren, dem Mob seinen Rachevorschlag zu unterbreiten.

Die Menge jubelte vor Freude; fast zwanzig Personen waren sofort bereit zu helfen, fast jeder bot an, sich unterstützend einzubringen, sei es mit Geld oder vorbereitender Arbeit.

Nur drei Kilometer entfernt, im Lokal der Angler in Neuhausen, saßen ebenfalls mehrere Personen zusammen und hatten Wichtiges zu besprechen. Die Stimmung war weit weniger gereizt, fast gelassen. Auch hier wurden freiwillige Helfer gesucht: Das jährliche Fischerfest stand an und würde auch dieses Mal Besucher aus weitem Umkreis in den Ort locken. Auch war es die größte Einnahmequelle des Clubs, verbunden mit gemeinnützigen Aktivitäten, die übers Jahr verteilt ausgerichtet wurden. So lebten ein Kindergartenfest, ein Zoobesuch des örtlichen Altersheims oder Schulausflüge von den Einnahmen. Was die wenigsten wussten: Auch die Stripperin für die Weihnachtsfeier bezog ihre (nicht unwesentliche) Gage vom Geld der Festbesucher.

Kapitel 5

Noch 95 Tage bis zum Weltuntergang. An diesem Freitag waren neben Mario, Dieter, Klaus und Detlef ein halbes Dutzend Jugendliche am Treffpunkt, ferner Gertrud, ein achtundneunzigjährige rüstige Rentnerin, die nach eigener Aussage die Neuhausener mehr hasste als die britischen Aggressoren, die einst ihr Haus zerstört und ihr ihren August genommen hatten. Was sie nicht wusste: Ihr Jugendfreund war in Frankreich nicht auf dem Feld der Ehre gefallen, sondern in die liebevollen Arme einer Französin: Marie. Sie war zwei Jahre jünger als August und es war Liebe auf den ersten Blick. 1950 heirateten beide, und wenig später übernahmen sie das Weingut von Maries Vater. August hatte Talent, und so wurde sein Rosé weit über die Landesgrenzen hinaus bekannt. Gertruds Lieblingswein übrigens war eben dieser Rosé und so schloss sich der Kreis (freilich, ohne dass sie das wusste). August würde vier Jahre nach dem Weltuntergang im gesegneten Alter von vierundneunzig Jahren sterben, nur zwei Wochen nach seiner geliebten Marie. Um sie beide würden vier Kinder sowie ein Dutzend Enkel und Urenkel trauern. Nur Gertrud wusste von alledem nichts, und für den Mord an dem einzigen Mann, den sie je geliebt hatte, hasste sie alle Alliierten. Das alles wird den geneigten Leser wenig interessieren, aber nach drei Büchern möchte ich dieses Mal über zweihundert Seiten schreiben und einen Verlag finden, der das alles hier druckt.

Anmerkung des Lektors hierzu: „Vergiss es."

Ich weiß nicht, was das Problem von dem Typen ist und warum er nicht an mein Buch glaubt.

„Warum ich nicht daran glaube? Jedes Wort, das eigentlich klein geschrieben werden muss, schreibst du groß und umgekehrt. Dazu deine ständigen Zeitenfehler und diese geradezu groteske Unkenntnis der deutschen Rechtschreibung ..."

„Ja, ja, es reicht, ich habe verstanden!", falle ich dem Rechtschreibfehlerkorrigierer ins Wort.

Aber das will jetzt bestimmt wieder keiner lesen. Deshalb flugs zurück zum Parkplatz, wo sich gerade die Gruppe der Rächer in Richtung Neuhausen aufmachte. Das Festzelt auf der gegenüberliegenden Seite des Sees war ihr Ziel. Das Rattern von Notstromgeneratoren zerriss die nächtliche Stille, und Baustrahler tauchten das gesamte Gelände in helles Licht. Die Nachtwache indes war ein eher trauriger Trupp: Zwei arme Rentner im Festzelt sollten das Areal bewachen. Schon auf den ersten Blick war zu erkennen, dass von ihnen keine Gefahr ausging. Ihre Köpfe waren auf den Tisch gesunken, um sie herum stand ein Dutzend leerer Weinflaschen, und sie schnarchten um die Wette ihren Schlaf der Gerechten.

Aber das Festzelt war auch gar nicht das Angriffsziel; vielmehr hatten sie es auf die Fische im See abgesehen. Der Plan lautete ungefähr: Wenn wir alle Fische vergiften, können die Neuhausener auch keine auf dem Fest verkaufen. Es bedarf wahrscheinlich des einfachen Intellekts eines Althauseners, um zu glauben dass man Alaska-Seelachs in einem Süßwassertümpel fangen kann ... Gut, Klaus kippte also zehn Fünfzig-Liter-Kanister Gift in den See und sorgte so dafür, dass in dem winzigen Tümpel nie mehr irgendetwas leben würde. Ich könnte jetzt mit dem Thema Mutationen anfangen und wieder Wikipedia bemühen, aber dann könnte man mich für so einen Copy-and-Paste-Doktor von der CSU halten. Vielleicht schreibe ich ja mal einen Horrorroman, dann komme ich auf dieses vermaledeite Gewässer und seine Mutationen zurück.

Als die ersten toten Fische an der Oberfläche des Sees auftauchten, nahm die Gruppe Reißaus. Mario meinte, er hätte noch was zu erledigen und blieb als einziger zurück. Als er sicher war, dass keiner seiner Kameraden ihn mehr sah, schlich er ins Zelt. Wenige Minuten später kam er mit einem breiten Grinsen im Gesicht zurück zu seinen Kameraden.

Kapitel 6

22. September. Der Gestank der toten Tiere, die auf dem Wasser trieben, war ekelerregend. Nicht nur Fische, auch Vögel, Ratten und anderes Kleingetier trieb an der Wasseroberfläche. Sam rannte voller Sorge zum Vereinsheim, aber Obelix begrüßte sein Herrchen freudig, sprang an ihm auf und ab und rannte dann zu See, um einen Schluck zu trinken. Wenig später war der Dobermann im Hundehimmel. Hinweis des Autor: Das Tier starb ohne Qualen. Eigentlich ist ihm nichts passiert.

Einwurf des Lektors: „Nichts passiert? Der Hund ist tot!"

„Oh Mann, ja! Nerv mich nicht", antworte ich.

„Ich bekomme hierfür nicht genug Geld", brabbelt der Lektor kopfschüttelnd in seinen Bart.

Ich will zwar noch was sagen, lasse es aber. Erstens wird das Tierchen davon auch nicht wieder lebendig, und zweitens wollen die zwei, drei Leser (hier noch mal ein dickes Dankeschön an euch!) ja viel eher wissen, wie es nun weitergeht. Gut, Sam schrie vor... vor Schmerz, Trauer und Entsetzen, sagen wir es so. Weinend nahm er den verendeten Körper seines geliebten Kameraden in die Arme und streifte ihm das Halsband herunter. Dann griff er entschlossen nach seinem Handy und wollte die 112 wählen, doch es war ja schon zu spät. Also rief er kurzentschlossen das Finanzamt an und teilte dem zuständigen Sachbearbeiter mit, dass sie ihm die Hundesteuer anteilig zurücküberweisen sollten. Dann warf er Obelix zu den anderen Kadavern in den See.

Aber jetzt hatte die Gruppe Wichtigeres zu tun. Schließlich musste alles für die Festbesucher vorbereitet werden. Keiner hatte Lust, neben einem Teich voller toter Tiere zu essen. Also riefen sie die Tierkörperverwerter an, die Ralf von seiner Arbeit beim Schlachthof her kannte. Sie kamen, sahen das ganze Ausmaß der Katastrophe und lösten Seuchenalarm aus. Zum Glück gab es auf dem Fest keinen einzigen frischen Fisch. Diese kamen alle tiefgefroren vom Großmarkt, so musste wenigstens der Verkauf nicht gestoppt werden. Verkaufsfördernd allerdings waren die Typen im Ganzkörperschutzanzug und mit Atemschutzmaske sicher nicht.

Kurz nach neun schlug dann auch noch die Bundeswehr auf, wegen Verdachts auf einen terroristischen Anschlag. Und da die Jungs und Mädels aus Althausen nicht gerade gut darin waren, ihre Täterschaft zu verschleiern, stürmte zeitgleich in Althausen das SEK die Wohnungen aller am Anschlag Beteiligen. Das lief etwa so ab: Ein Team von zwölf komplett vermummter, bis an die Zähne bewaffneter Spezialkräfte trat die Tür ein, jagte Blendgranaten in die Räume, zwang die Bewohner mit vorgehaltener Maschinenpistole zu Boden, warf ihnen einen Sack über den Kopf, fesselte sie an Händen und Füßen und warf sie in einen Transporter.

Das klappte bis auf zwei von ihnen gut. Dieter war nach dem jahrelangen Missbrauch von Anabolika und Steroiden als Bodybuilder geistig so verlangsamt, dass er erst nach dem fünften Schlag auf den Schädel mit zertrümmerten Knien zu Boden ging – unter Einsatz von Elektroschock und Tränengas. Gertrud rief noch, dass sie sich nie den Aggressoren unterwerfen würde und hob die Nagelschere, die sie zufällig in der Hand hielt, zur Waffe. Die Spezialeinsatzkräfte eröffneten sofort das Feuer und liquidierten die drohende Gefahr mit zweihundert Schuss aus ihren automatischen Waffen. Ich, der fast allwissende Erzähler, schlief an diesem Tag übrigens lange aus. Ich hatte mich zum zwölf mit Freunden zum Fischessen im Festzelt verabredet. Pünktlich um elf und getreu meines Lebensmottos „Lieber eine Viertelstunde zu früh als eine Minute zu spät" lief ich los.

Anmerkung Jens L.: „Verdammter Lügner, du kommst doch immer zu spät! Weißt du, wie oft ich auf dich warten muss?"

Antwort des Autors: „Darf in diesem Buch hier einfach jeder schreiben, was er will?"

Egal, ich lief zu Fuß, weil in Neuhausen alles einfach zu erreichen ist und wir alles haben außer Parkplätze. Gut, ein Kino haben wir auch nicht und keinen Supermarkt, kein Billardcafé und nicht einmal eine Post (für die Jüngeren unter meinen Lesern: Früher gab es in Orten sogenannte Postfialen, so richtig mit Schalter und einem Beamten, der den ganzen Tag da rumsaß und nichts tat außer seinen Daumen gelegentlich mit einem Schwamm zu befeuchten).

Mit anderen Worten: In unserem Kaff gab es fast nichts – außer einem Dorfbullen, der den ganzen Tag rumlief und harmlosen Bürgern Strafzettel an ihre Autos pappte, meist wegen Lappalien: verkehrte Straßenseite geparkt, kein TÜV oder zu wenig Profil auf den Reifen. Weil er dazu noch Alkoholiker war (ein echter Sympathieträger, dieser Typ!) fiel er nach seinen Kneipentouren öfter in eine Faust; sein mangelhafter Verstand und seine eingeschränkte Auffassungsgabe ließen es jedoch nicht zu, dass er daraus etwas lernte.

Zurück zu unserer Geschichte: Ein Blick auf die wenigen, alle belegten Parkplätze verriet mir, dass die Entscheidung zu laufen, richtig gewesen war. Als ich auf meinem Weg ins Festzelt an dem kleinen Weiher vorbeikam, sah ich dort seltsam gekleidete Männer in Schutzanzügen. Damit einher ging der unweigerliche Menschenauflauf von Schaulustigen, der sich überall dort bildet, wo man sich an menschlichem Leid ergötzen kann. Die munteren Gaffer mussten mit Gewalt daran gehindert werden, in den See zu fallen, so dicht wollten sie ran an den Ort des Geschehens.

Ich sah wenig Veranlassung, dorthin zu gehen, denn als fast allwissender Erzähler wusste ich ohnehin, was ich dort zu sehen bekommen würde, und vor dem Essen brauchte ich das nicht wirklich.

So ging ich direkt ins Zelt, suchte mir einen schönen Platz und genehmigte mir schon mal ein kühles Bier und ein Seelachsfilet mit Kartoffelsalat und Remoulade, um mir die Wartezeit etwas zu verkürzen.

Ich hatte noch nicht mal die Hälfte runter, als es in meinem Magen anfing zu rumoren, und dann krampfte sich alles zusammen. Was dann folgte, war der schnellste Hundertmetersprint, den ich je gelaufen bin. Ich erreichte gerade noch den Toilettenwagen. Dass der Strahl, der mich hinten verließ, noch die Schüssel und nicht die Wand dahinter traf, war reines Glück. Mir war es noch nie so dreckig gegangen. Wäre ich doch nur ein echter allwissender Erzähler gewesen, dann hätte ich gewusst, was Mario gestern Nacht noch schnell im Zelt zu tun gehabt hatte!

Als meine Mordphantasien gerade Formen annahmen, über die ich mal mit meinem Therapeuten reden sollte, wurde das Klopfen und die Rufe vor meiner Toilettentür immer dringender. Da bewahrheitete sich wieder die alte Weisheit: Der frühe Fischesser bekommt das WC. In diesem speziellen Fall der frühe Remouladenesser.

Aus der Welt vor der versperrten Tür drang immer lauter das Geräusch von Martinshörnern an mein Ohr. Als ich endlich aufstehen und das stille Örtchen verlassen konnte, bot sich mir ein Bild des Elends und der Verwüstung: Hunderte von Leuten, die nicht mein Glück gehabt und entweder in die Hose gemacht oder gleich an Ort und Stelle ihre Hosen runtergelassen und ihr Geschäft auf der Wiese neben dem Zelt gemacht hatten. Ihr könnt mir eines glauben: Das Ganze stank zum Himmel.

Einige, die Glück gehabt und mit intakten Beinkleidern davongekommen waren, hatten sich weiße Kapuzen übergezogen und Fackeln angezündet, um das verhasste Althausen niederbrennen. Im letzten Moment stellte sich ihnen Markus in den Weg. Auch er hatte seine Portion mit Abführmittel gewürzte Remoulade intus, sah mitgenommen aus und roch etwas streng, mahnte aber dennoch aus vollster Überzeugung: „Männer, das könnt ihr nicht tun."

Der Mob drohte, ihn einfach zu überrennen, doch dann sagte er: „Nicht, bevor ich wieder fit bin und mitkommen kann."

Einige, die noch behandelt wurden, stimmten lautstark zu. Sie wollten diese Schweine ausräuchern, und so wurde der Fackelzug erstmal abgesagt. Auch mein Tag war gelaufen. Ich schleppte mich nach Hause und ließ ich den Tag statt mit Gerstensaft mit Kamillentee ausklingen. Wobei ich immer noch der Meinung war, dass der Feuertod für diese Bande noch viel zu gut wäre. Ich hätte sie viel lieber ...

Anmerkung: Die folgenden Seiten wurden auf Anraten meines Therapeuten und unter zustimmendem Nicken meines Anwalts, der für diese Kopfbewegung einen Großteil meines Jahreseinkommens für sich beansprucht, gestrichen.

Kapitel 7

Gewalt: „Unter den Begriff Gewalt (von althochdeutsch *waltan* – stark sein, beherrschen) fallen Handlungen, Vorgänge und Szenarien, in denen bzw. durch die auf Menschen, Tiere oder Gegenstände beeinflussend, verändernd und/oder schädigend eingewirkt wird. Gemeint ist das Vermögen zur Durchführung einer Handlung, die den inneren bzw. wesentlichen Kern einer Angelegenheit oder Struktur (be)trifft." Sagt Wikipedia. Dazu vielleicht noch ein anderes einschlägiges Zitat: „Keine Gewalt in meiner Kirche! Okay, Klaus, roll den Alten vor die Tür!" (Jürgen Rupprecht: „Die Leiche im Sumpf")

Energische Anmerkung des Lektors: „Bist du von allen guten Geistern verlassen? Du kannst doch hier keine Schleichwerbung für deine Bücher machen!"

„Mach ich doch gar nicht, ist ein vorgestelltes Zitat!"

„Schleichwerbung!"

„Zitat!"

„Billigste Werbung."

Der folgende, hier gestrichene Wortwechsel brachte uns nicht weiter, also bot ich an: „Ich nehm es raus, wenn ich dann ein Hardcover bekomme."

Mein Lektor: „Vergiss es." Und, nach verzweifeltem Kopfschütteln: „Ich bekomme hierfür zu wenig Geld."

Dieser Ausgang unserer Unterredung kam mir irgendwie bekannt vor, ich hielt es aber für besser, nicht weiter darauf einzugehen. Dass er danach die Zusammenarbeit mit mir aufkündigte, fand ich dann schon etwas übertrieben.

Zurück nach Neuhausen: Das Fischerfest war natürlich vorbei. Normalerweise wären jetzt Gesundheitsamt, Kriminalpolizei, Geheimdienst und Staatsschutz in Althausen eingefallen und hätten die Terroristen ausgeräuchert, nur das war ja schon früher am Tag passiert und sämtliche Verdächtigen saßen bereits in Gewahrsam, also ließen sie es auf sich beruhen, vorerst. Es gibt natürlich auch Länder auf diesem Planeten, wo jeder von ihnen in einer Gitterbox Urlaub auf Kuba gemacht hätte, aber der Staatsanwalt sah, dass es sich bei den Männern und Frauen aus Althausen um Idioten handelte und vermutete, dass sie viel zu doof waren, um als strafmündig zu gelten. Dann kam ein Arzt, der ihnen nach kurzer Untersuchung attestierte, dass sie maximal die Intelligenz von Drei- bis Neunjährigen hätten – bezogen übrigens auf eine nicht näher bezeichnete Hunderasse. Bei Dieter war er sich noch nicht einmal darüber sicher.

Schon am Samstagabend durften sie wieder zurück in Ihre Wohnungen. Natürlich war dort nichts wie zuvor. Die Polizei war gründlich gewesen: Was nicht vorsorglich gesprengt wurde, wurde rücksichtslos kleingeschlagen, zerrissen oder zerstört.

Dieter sah das jedoch erst Wochen später. Zwar wurde er ebenso auf freien Fuß gesetzt wie seine Komplizen, aber seine beiden Arme und Beine lagen im Gips, und weite Teile seiner Rippen waren ebenso gebrochen wie sein Schädel; deshalb wurde er vom Gefängniskrankenhaus einfach in die Städtische Klinik verlegt. Abgesehen von den bereits erwähnten Wehwehchen ging es ihm gut, und das gute Krankenhausessen brachte ihn bald wieder zu Kräften.

Jahre später wurde der Tod einer fast Neunzigjährigen untersucht – nicht etwa von der Staatsanwaltschaft, wie das bei Gewaltexzessen sonst üblich ist, sondern vom Bund der Steuerzahler. Er prüfte, ob die zweihundert Schuss für eine alte Frau den staatlichen Geldbeutel nicht unverhältnismäßig belastet hatten. Nach eingehender Prüfung befand er jedoch, dass man wegen eines Betrages von achtzig Euro kein großes Fass aufmachen müsse. Der Posten wurde unter der Nr. 4350 in der jährlichen Steuerverschwendungsliste gebucht.

Drei Tage später wurden der See und das Umland, zu dem auch die Hütte des Angelvereins gehörte, zum Sperrgebiet erklärt. Ähnlich wie bei einem gewissen Loch in den schottischen Highlands wurde in der Folgezeit auch hier immer wieder einmal ein zur Gänze unbekanntes Geschöpf gesichtet – das sogenannte „Monster von Neuhausen" soll aber mehr Ähnlichkeit mit einem Krokodil gehabt haben.

Die Konsequenzen des Tages, an dem ein Zaun um das Areal errichtet wurde, gesichert mit Bewegungssensoren, Minenfeld und Selbstschussanlagen: Das Gebiet wurde „Little DDR" genannt, und die verärgerten, rachebereiten Bürger Neuhausens mussten sich von nun an im Vereinsheim der Turner treffen.

Weil die Angler ja nun auch keinen See mehr hatten, lag eigentlich eine Auflösung des Anglervereins nahe, aber jeder weiß, dass so etwas in Deutschland praktisch nicht vorkommt. Stattdessen beschlossen sie vorerst, Fische in Sams Swimmingpool auszusetzen, um diese dann bei Gelegenheit zu angeln. Leider schlossen die Angler die Tiere bald in ihr Herz, und so wurde fortan nur noch Fisch aus der Supermarkttiefkühltruhe gegessen.

Dies war jedoch nicht der Grund für die Versammlung, die an diesem Abend das Turnerheim füllte. Dem Wirt standen Schweißperlen auf der Stirn; an einen so vollen Gastraum konnte er sich in seinen zwanzig Jahren als Kneipenpächter nicht erinnern. Da er mit den Bestellungen kaum nachkam, blieben erstmal viele auf dem Trockenen sitzen, was die latente Grundaggressivität der Menge nicht unbedingt senkte. Als dann noch das Fass leer war und er fragte, ob die Gäste auch mit alkoholfreiem Bier zufrieden seien, wollten viele erstmal die Gaststätte anzünden, bevor sie mit ihren Fackeln weiterziehen und Althausen dem Erdboden gleich machen wollten. Die wenigen, die über mehr als drei Gehirnzellen verfügten, hatten keine Chance gegen die Übermacht der Doofen – eine Konstante, die sich übrigens durch sämtliche Epochen und Jahrhunderte der Menschheitsgeschichte zieht. Meist führt das dann dazu, dass sich der Allerdümmste zum Herrscher aufschwingt und in ganz besonders schlimmen Zuständen der geistigen Umnachtung sogar die Weltherrschaft anstrebt.

Das Ergebnis dieser Nacht: Heinz rief bei der Brauerei an; sie sollten ein paar Fässer Export liefern. Er erreichte jedoch nur den Pförtner, der mit einem mitleidigen: „Ist recht, ruf am Montag zu unseren Geschäftszeiten wieder an" antwortete. Aus Angst um sein Leben fuhr er mit seinem VW-Bus schnell zu einer Tanke mit Nachtschalter und erstand da zehn Kisten Bier in der Hoffnung, dass zweihundert Flaschen ausreichen würden.

Zwei Stunden später stand er wieder vor dem jungen Tankstellenbediensteten und verlangte alles, was er auf Lager habe. Dieser antwortete lapidar, dass es jetzt nach 22 Uhr sei und er keinen Alkohol mehr verkaufen dürfe. Wutentbrannt schlug Heinz an das Fenster des Nachtschalters und brüllte: „Mach die Tür auf! Ich bring dich um, wenn du mir kein Bier verkaufst!"

Der Junge hinter dem Fenster tippte sich mit dem Zeigefinger an die Stirn und sagte lässig in die Gegensprechanlage: „Sicherheitsglas", worauf er zufrieden zusah, wie der Alte zu seinem VW-Bus lief und den Motor startete.

Wenige Sekunden später brach das Fahrzeug mit ohrenbetäubendem Lärm durch die Glastür, der Opa sprang aus der Karre wie ein Zombie auf Speed und hielt ihm eine doppelläufige Schrottflinte an den Kopf.

„Bier, alles was du hast! Einladen!", brüllte Heinz.

Der junge Bursche wischte sich erstmal die Spucke aus dem Gesicht, die der feuchten Aussprache des erzürnten Alten geschuldet war, dann tat er, wie ihm befohlen. Heinz setzte sich, um zuzusehen, wie der Junge eifrig einlud, dabei streifte sein Blick die Überwachungskamera. Sein Gehirn registrierte sein unverhülltes Gesicht und das unverdeckte Nummernschild. Einen Moment lang hoffte er, die verfluchte Kamera mit einem Schuss aus der Flinte zerstören zu können, dann begriff er, dass es dafür zu spät war. Stattdessen nahm er eine Flasche Korn aus dem Regal und trank. Vor einer Verkehrskontrolle brauchte er sich jetzt nicht mehr zu fürchten:

Wenn die Bullen ihn anhielten, war Alkohol am Steuer sein geringstes Problem.

Leider wurde Heinz von Alkohol immer müde, und so bekam er Schluck für Schluck immer größere Probleme, die Augen offen zu halten.

Am nächsten Tag wachte er frisch und erholt in der Justizvollzugsanstalt Stuttgart auf.

Ungefähr zu dem Zeitpunkt, als Heinz den Schlaf der Gerechten schlief, brüllte der erste bei der Versammlung: „Jetzt warte ich schon seit einer Stunde auf mein Bier! Wo bleibt Heinz? Muss er die verdammte Brühe erst brauen?"

Auch andere schauten bedrückt, um nicht zu sagen wütend auf ihre leeren Gläser, und daraufhin entstand ein spontaner Tumult: Fast fünfzig mehr oder weniger angetrunkene Männer und Frauen zerlegten die Gaststätte. Es wäre noch schlimmer geworden, hätte nicht ein besonders durstiger Besucher Heinz´ privaten Weinkeller aufgebrochen. Hätte Heinz seine Freiheit je wiedererlangt, wäre er über den geplünderten Weinbestand vermutlich recht ungehalten gewesen. Leider machte der Polizist, der am nächsten Morgen die Ausnüchterungszelle aufschloss, einen schweren Fehler: Er redete den Alten vor dem ersten Kaffee von der Seite an. Es waren fünf Beamte nötig, um den Schwerverletzen aus der Zelle zu bergen. Und so landete Heinz, der eigentlich nur jedem alles recht machen wollte, in einer Zwangsjacke in der Gummizelle.

In dieser Nacht führte der Wein dazu, dass sich die Gemüter etwas beruhigten, und nach vielem Hin und Her beschloss man, dass es vielleicht doch etwas über das Ziel hinausschoss, wenn man Althausen mit allen Bewohnern bis auf die Grundmauern niederbrannte. Die Gedanken der Gruppe kreisten jetzt vielmehr um die Hundertfünfzigjahrfeier des Gesangsvereins.

Nun war jedem klar, dass die Althausener ganz besonders auf der Hut sein würden. Aber da hatte Manuela, eine mollige Brünette Ende dreißig, eine Idee. Sie arbeitete in der Stadt im Einkaufszentrum. Der

Fahrer der regionalen Brauerei fand immer viel Gefallen am üppigen Dekolleté der netten Kassiererin des Getränkemarkts, die ihn stets freudig anlächelte. Jetzt machte ihn das zum Komplizen bei einem ausgekochten Plan: Die Althausener würden auf ihrem Fest ein ... nun, ein ganz besonderes Bier trinken.

Über die spezielle Zusammensetzung wurde noch gestritten. Die einen meinten, dass reiner Urin gut genug sei, die anderen gaben zu bedenken, dass dessen Geschmack zu schnell bemerkt würde und votierten daher für eine angemessene Mischung mit Gerstensaft. Letztlich leuchtete die Mischungstheorie allen Anwesenden ein, und so wandte man sich dem nächsten Punkt zu: Mit welcher Art von Bier sollte das fiese Gebräu gemischt werden? Mit richtigem Bier, da waren sich alle einig, wäre Verschwendung gewesen. So einigte man sich schließlich auf das Bier eines großen Discounters, das in Plastikflaschen verkauft wurde. Der Einwand, dass diese Brühe auch so nur nach Pisse schmeckte und man sich das Mixen daher eigentlich sparen könnte, ließen die todmüden Rächer nicht gelten. So wurden die leeren Fässer aus dem Lager der Gaststätte geholt und schon mal mit der Füllung begonnen.

Die nächsten Tage hatten alle viel zu tun. Der Urin war schnell gesammelt, aber es mussten auch noch sechshundert Halbliterflaschen aufgeschraubt und der inzwischen widerlich stinkende Inhalt der Fässer hinzugefügt werden. Deshalb kippten Ralf und Sam zusätzlich Pfefferminzsirup in die Fässer. Auf einen Geschmackstest wurde verzichtet. Man konnte nur hoffen, dass man nicht sofort mit dem Gesöff aufflog.

Kapitel 8

Die meisten Probleme lösen sich von allein – man darf sie nur nicht dabei stören.
Zitat, keine Idee von wem, aber der Autor hat irgendwie recht. Hätte der Getränkelasterfahrer einfach gewartet oder Manuela, die vollbusige Kassiererin, angesprochen, hätte er gewusst, dass ihre Gefühle für ihn denen gar nicht so unähnlich waren, die er für sie hegte. So jedoch eroberte er an diesem Freitag, als er die ganz speziellen Fässer nach Althausen lieferte, für immer ihr Herz, verlor aber schon am Montag seinen Job.

Freitag, 28. September 2012. Noch 95 Tage bis zum Weltuntergang. Lars, der Getränkelasterfahrer, hatte die ganze Nacht kein Auge zugetan, was nicht daran lag, dass Manuela ihm ihre Liebe gestanden hatte und sie jetzt ein Paar waren – es lag vielmehr an der Lieferung, die er am frühen Nachmittag an die Gemeindehalle Althausen liefern sollte.

Der Chorleiter, der sie in Empfang nahm, war ein hagerer, grauhaariger Mann mit Hakennase und einer fürchterlichen rotgerahmten Brille. Er war gerade mal fünfundfünfzig, aber seine Brille, seine lachsfarbigen Hemden und seine braunen Cordhosen ließen ihn mindestens zwanzig Jahre älter wirken. Mit nerviger Piepsstimme wies er Lars an, wo dieser die Getränke hinzustellen hatte.

Lars brauchte fast eine Stunde. Weil er noch zwei weitere Feste zu beliefern hatte, wusste er, dass er heute wieder nicht pünktlich nach Hause kommen würde. Das und das ständige schwere Heben kotzte ihn an seinen Job am meisten an. Sein Vater hatte ihm zwar immer gesagt: Bub, lerne was Anständiges, aber wer hört schon auf seine Eltern? Und jetzt schleppte er eben Cola-Kisten. Ob sein alter Herr es selbst besser getroffen hatte, ließ sich nicht abschließend klären. Zwar war er Elektriker gewesen, aber sein Job hatte ihn auch unter die Erde gebracht. Wie? Der Klassiker wäre natürlich gewesen, dass er gegen eine der berühmten fünf Sicherheitsregeln verstoßen hätte. Stattdessen hatte er es geschafft, einen noch dümmeren Tod zu finden: Er hatte sich die Haare in der Badewanne geföhnt. Das tat er nicht, weil er völlig bescheuert war (okay, auch deshalb, aber nicht hauptsächlich), sondern weil er seinem Kunden den neuen FI-Schalter vorführen wollte, mit dem, so versicherte er, im Bad nichts mehr passieren könnte. Tragisch für die junge Familie war, dass die Berufsgenossenschaft nicht zahlte, weil es ihrer Meinung nach kein Arbeitsunfall gewesen war, sondern Selbstmord. Die Lebensversicherung sah es natürlich genau umgekehrt, kam aber zum selben Schluss: Sie zahlen nicht.

So war Lars als heranwachsender Sohn der Familie Alleinverdiener und konnte weder Abitur noch Ausbildung machen. An diesem Tag jedoch, als er die speziellen Fässer nach Althausen lieferte, begann für ihn ein neues Leben, ohne dass er es wusste: Er und Manuela (die beiden heirateten kurz nach dem Weltuntergang) übernahmen die Gaststätte der Turner in Neuhausen, als klar wurde, dass Heinz die Anstalt nie mehr verlassen würde. Als die Bombe mit dem speziellen Bier platzte, war Lars schon sicher zu Hause.

Schon beim Ausschenken der Brühe fiel die geringe Schaumbildung auf; auch der leicht minzige Geruch kam dem Mann, der an diesem Abend Dienst an der Zapfanlage tat, seltsam vor. Zwar kamen vereinzelt Beschwerden, dass es scheiße schmecke, aber sie hatten nun mal kein anderes Bier. Erst als Gunnar, der heimlich eine Eigenurintherapie machte, feststellte, dass es wie Pisse schmeckte, hinterfragten einige Zecher den Inhalt ihrer Gläser kritisch.

Dann, als sie den Braten rochen, übergaben sich die ersten, und diese Reaktion setzte sich fort wie ein Lauffeuer. Wieder tauchte sich das nächtliche Bild des Ortes in ein blaues Lichtermeer.

Ralf und seine Freunde hätten sich das Ganze gern vor Ort angesehen, aber natürlich war es unmöglich, als Neuhausener dort hinzugehen und lebend zurückzukommen. Aber Sam kannte einen Sanitäter, und der versprach, mit seiner Handykamera zu filmen.

Seltsamerweise war der Aufschrei der Empörung diesmal weit weniger intensiv als zwei Wochen zuvor. Einige Ehefrauen sympathisierten sogar mit den Übeltätern und hofften, dass es ihre Männer von der Sauferei wegbringen würde. Natürlich war das Gegenteil der Fall: Der Magen rumorte, man fühlte sich unwohl, daher musste man natürlich von Speiseröhre bis Darmausgang den Körper gründlich desinfizieren, und für all dies musste Schnaps herhalten.

Was nun folgte, nahm auf der Liste der unnützen Ausgaben einen dreistelligen Platz ein – zumindest behauptete dies der Bund der Steuerzahler.

Kapitel 9

Helmut war, bevor er bei uns Bürgermeister wurde, ein gutbezahlter Mittarbeiter in der IT-Abteilung eines großen überregionalen Konzerns gewesen. Vor fünf Jahren war ihm ein kleines Missgeschick unterlaufen, das sein bis dahin ruhiges, geordnetes Leben für immer ändern sollte.

Er hatte vierzehn Tage Urlaub, und beim Buchen der Reise ging es hin und her: Seine Gattin wollte ans Meer, er in die Berge. Tagelang verbrachten sie mehr Zeit im Reisebüro als zu Hause. Aber nicht nur das Ziel, auch der Termin der Reise wurde mehrfach geändert, was schließlich zur Folge hatte, dass Helmut mit Frau und Kindern nach Ibiza flog, zwei Wochen vor seinem genehmigten Urlaub.

Wer nun glaubt, dass er wegen ungenehmigten Fernbleibens vom Arbeitsplatz entlassen wurde, irrt. Es fiel gar keinem auf. Helmut kam am Montag einfach zur Arbeit, und die Kollegen wunderten sich, dass er da war. Nach ihrem Kalender sollte er genau an diesem Tag in den Urlaub fahren. Es war ihnen gar nicht aufgefallen, dass er die letzten zwei Wochen gefehlt hatte.

Helmut ging zur Personalabteilung, um das zu klären. Diese bestätigten ihm jedoch, dass er *jetzt* Urlaub habe und schickten ihn nach Hause. Nach zwei weiteren Wochen kam er gutgelaunt und erholt zurück. Aber plötzlich war alles anders: An seinem Schreibtisch saß eine übergewichtige Dame, die er nicht kannte, und sie hatte alles in seinem Büro umgeräumt. Helmut ärgerte sich über ihre Unverfrorenheit, aber sie teilte ihm nur mit, dass er zum Personalchef sollte, er wolle mit ihm reden.

In diesem Moment war Helmut alles klar: Er war befördert worden und die kleine Schreibkraft war seine Nachfolgerin. Er schwor sich, sie als erstes vor die Türe zu setzen, wenn er erstmal ihr Boss war. Frohgelaunt ging er ins Büro des Personalchefs und nahm unaufgefordert Platz. Wenn der über diese Respektlosigkeit verärgert war, ließ er es sich jedenfalls nicht anmerken. Er erkundigte sich lapidar nach Helmuts Urlaub, gab ihm dann einen Zettel und forderte ihn auf, in dreißig Minuten in Stichpunkten aufzuschreiben, warum man ihn weiterbeschäftigen sollte.

Helmut hatte eine Blockade. Ihm fiel nichts ein. In der Nacht darauf wusste er, was er hätte schreiben sollen: dass er der Größte, Beste und Schönste war. Doch jetzt war sein Kopf leer; er wusste einfach nicht, was er schreiben sollte. Der Personalchef besah sich den leeren Zettel, schüttelte den Kopf und sagte mehr zu sich: „Das ahnte ich schon."

Dann nahm er eine Kiste vom Boden, in der Helmuts Habseligkeiten verstaut waren und sagte: „Geben Sie bitte, wenn Sie das Werk verlassen, Ihren Dienstausweis beim Pförtner ab."

An Tag danach sah Helmut die Ausschreibung zur Bürgermeisterwahl in Althausen und Neuhausen. Er stellte sich zur Wahl, und so wurde er zum Ortsvorsteher. Jetzt sah er seine Felle davonschwimmen: Wenn sich die beiden Gemeinden trennen, wären beide zu klein, um einen Bürgermeister zu bezahlen und er würde arbeitslos werden. Er musste diese Streitigkeiten endlich beenden, um seine Haut zu retten!

So ließ er am Samstag, einen Tag nach dem Urinattentat, einen Trupp Osteuropäer kommen und wies sie an, zwischen beiden Ortsteilen eine Mauer zu errichten. Anders als bei dem berühmten Vorbild waren die Menschen über das neue Bauwerk nicht einmal unglücklich. Vielmehr wären sie froh gewesen, wenn man das Ganze noch realistischer nachgebaut hätte: Ein kleines Minenfeld oder eine muntere Selbstschussanlage wäre durchaus willkommen gewesen. Leider war dafür kein Geld in der Gemeindekasse.

Die Maurer aus dem Osten arbeiteten schnell und günstig, und schon am frühen Abend war die Mauer fertig. Klar, man konnte sie nicht vom Mond aus sehen, aber das war auch nicht notwendig. Die Berufspendler freilich waren nicht sehr erbaut, dass sie morgens nun fast zwanzig Minuten länger zur Arbeit brauchten; auch die Bewohner der umliegenden Ortschaften waren verärgert, weil sich der Verkehr auf den engen Dorfstraßen jetzt verdoppelte.

Die Gruppe um Mario aber war fein raus. Sie waren vom letzten Anschlag der verhassten Neuhausener weitgehend verschont geblieben. Sie hatten mit den Sängern wenig am Hut. Der einzige, der dort war und von dem Gebräu getrunken hatte, war Klaus, und ihm schmeckte es. Dieses spezielle Bier war besser als das, was er im USA-Urlaub in den Staaten im letzten Sommer ausgeschenkt bekommen hatte! So hielten sich seine Rachegelüste in Grenzen, auch wenn es natürlich Vergeltung geben musste. Nach den massiven Polizeieinsätzen der letzten Mission waren diesmal weniger zur Vorbesprechung da; auch die vorgeschlagenen Aktionen waren eher lahm. So schlug einer vor, man könne ja eine Schwulenparade in Neuhausen planen. Die würden schön gucken, wenn Hunderte Homosexuelle in ihrem Ort auftauchen würden! Detlef meldete sich zu Wort und fand es voll doof, dass er ja dann nicht hinkönne, wenn es dort wäre. Also wurde die Idee verworfen.

Zu einem zweiten Gedanken kamen sie nicht mehr, denn in diesem Moment flog eine Blendgranate durch die Tür, und kurz darauf stürmte ein Dutzend bis an die Zähne bewaffneter SEK-Beamte den Raum. Was war passiert? Die Tochter der Wirtin hatte in der Schule erzählt, dass sie am Abend nicht mit ins Kino könne, weil sich die Althausener in der Kneipe ihrer Eltern träfen. Das musste die Freundin, die nun allein in Kino gehen sollte, ihrem Bruder erklären, der unsterblich in die Tochter des Wirts verknallt war und, um sie zu sehen, mit ins Kino wollte. Er war so traurig, dass er sich bei seiner besten Freundin ausheulte, die ihrerseits mit ihren Freundinnen über den Jungen, der zu nah am Wasser gebaut hatte, lästerte. Eine von den Mädels war mit einem Jungen zusammen, was an sich nicht ungewöhnlich war, nur (jetzt kommt es): Er wohnte in Neuhausen. Das Ganze kann man auch kurz schreiben: Ralf wusste, dass sie sich in der Kneipe trafen und hatte anonym bei der 110 angerufen und gemeldet, dass sich dort eine terroristische Vereinigung treffen würde. Weil er auch noch hatte durchblicken lassen, dass sie Giftkapseln in den Zähnen hatten und Geiseln im Keller gefangen hielten, lagen alle jetzt auf dem Boden, und der Mund wurde ihnen gewaltsam aufgebrochen und fixiert. Zwei Stunden später gingen die Beamten mit den Worten „Sorry, Fehlinformation, kann halt mal passieren" und hinterließen sechs gebrochene Unterkiefer und ein paar ausgekugelte Schultergelenke.

Weniger gut kamen die Polizisten drei Kilometer entfernt weg. An dem kleinen Angelsee der Neuhausener begann das Wasser zu blubbern, erst kam nur eine Luftblase, und dann fand eine zweite ihren Weg an die Oberfläche mit lautem Blub. Immer mehr Luftblasen stiegen auf, und es stank bestialisch. Die zwei Beamten, die zur Bewachung des Geländes abgestellt waren, näherten sich vorsichtig dem See, der im aufsteigenden Nebel zu verschwinden schien. Einer meinte: „Lass uns weggehen, das geht uns nichts an. Wir sollen nur dafür sorgen, dass keiner hier reinkommt."

Aber der junge Kollege war ganz neu und noch voller Tatendrang.

Dann stieg etwas aus dem Wasser, aber durch den Nebel konnte man es nicht erkennen.

„Da drin kann doch nichts leben?", antwortete der Jüngere, ohne auf das von dem Kollegen Gesagte einzugehen.

Der wurde langsamer, hielt sich zurück. Seine jahrelange Erfahrung und sein Spürsinn warnten ihn, wenn Gefahr drohte, und hier schrie sein Instinkt: Lauf weg! Aber das konnte er nicht. So zog er seine Waffe und lud durch. Der Jüngere schien davon nichts zu bemerken; er lief unbeirrt weiter, ohne auf seine Eigensicherung zu achten. Er war gerade noch drei Meter vom Ufer entfernt, als etwas aus dem Wasser schoss, ihn packte und mit sich riss. Das geschah so schnell, dass er nicht einmal mehr vor Entsetzen schreien konnte. Der erfahrene Beamte eröffnete sofort das Feuer, nur wusste er weder, worauf er schoss noch wohin. Beides war egal, weil es ohnehin zu spät war. Richtig wäre gewesen, zu rennen! Rennen, so schnell er konnte, um die Zeit, die das Monster brauchte, um seinen Kollegen zu verschlingen, auf lebensrettende Weise zu nutzen. Aber er blieb stehen, den Blick fest auf das Wasser gerichtet, und zielte. Wenige Sekunden später wurde er der Nachtisch dessen, was dort in dem See überlebt hatte.

Zeitsprung zurück: Fünf Jahre zuvor wollte Sam unbedingt einen Hund. Seine Freundin bestand darauf, dass in ihrer gemeinsamen Wohnung nur *ein* Haustier leben sollte. Leider hatte sie schon einen Kaiman. Eines Tages war der zufällig verschwunden. Sam brachte es jedoch nicht übers Herz, den keinen Kerl zu töten, und so setzte er das Krokodil einfach im Angelteich aus. Und dort lebte es glücklich und zufrieden, ernährte sich von Fischen, Ratten und kleinen Hunden. Und so wäre es auch immer weitergegangen, wenn nicht alles Leben im Tümpel ausgelöscht und jede Nahrungszufuhr mittels Zaun unterbunden worden wäre. Das arme, inzwischen gar nicht mehr kleine Krokodil war so hungrig, dass es eine Kuh hätte fressen können. Aber laufen war nicht gerade die Lieblingsbeschäftigung des Reptils, und dieser vermaledeite Elektrozaun! Und so kamen diese zwei kleine Happen gerade recht.

    Sam dagegen bekam Obelix – und Schwielen an den Händen. Er konnte einfach nicht plausibel erklären, wie der Kaiman aus dem Terrarium durch die Wohnungstür drei Stockwerke nach unten, durch die Haustür und dann über den Gartenzaun gekommen war. Sein mangelndes Alibi beendete die Beziehung sofort.

Kapitel 10

Zur selben Zeit in einem kleinen Büro saß Gott und drückte im überquellenden Aschenbecher die vierzigste Zigarette aus. Dann schüttelte ihn ein Hustenanfall. Wäre er nicht unsterblich gewesen, hätten die verdammten Glimmstängel ihn schon längst unter die Erde gebracht. Gelangweilt sah er auf den Speiseplan der Kantine von dieser Woche und las: „Donnerstag: Spinat mit Spiegelei und Pellkartoffeln."

Das konnte unmöglich deren Ernst sein! Schon zum zweiten Mal in dieser Woche so ein Dreck! Gott überlegte kurz, vom Schreibtisch aufzustehen und ins Büro nebenan zu gehen, wo sein bester Kumpel saß, um ihn zu fragen, ob er in der Mittagspause mit zum Chinesen gehen würde, überlegte es sich dann aber doch anders und rief bei ihm an.

„Hey, Satan altes Haus, was geht? Lust, in der Mittagspause mit zum Chinesen zu gehen?"

„Ach nein, bin gerade voll im Stress. Die Nummer mit dem Weltuntergang steht immer noch nicht. Ich weiß einfach nicht, woher das ganze Wasser für die Flut kommen soll", klagte der Beelzebub.

„Mach es dir doch nicht so schwer", beruhigte Gott seinen Freund. „Da gibt es doch diesen Vulkan, dessen Geröll ins Meer rutschen würde, wenn er ausbricht. Oder einfach ein kleines Seebeben. Aber lass dir Zeit, ich hab auch noch keinen, der die rettende Arche baut."

Satan antwortete nicht gleich. „Was gibt's eigentlich in der Kantine? Du weißt ja, am Monatsende wird es mit dem Geld immer knapp. Und jeden Tag essen gehen kann ich mir nicht leisten."

„Spinat, Ei und Kartoffeln", verkündete Gott angewidert.

„Ist ja ekelhaft! Aber wir müssen auf dem Weg zum Chinesen beim Geldautomat vorbei, ich bin völlig blank", erklärte der Teufel und fügte hinzu: „Ich bin in fünf Minuten bei dir, muss noch Abspeichern und aufs Klo sollte ich auch noch."

Kurz darauf saßen Gott und Satan zusammen beim Asiaten und tauschten sich über Archebau und Weltuntergang aus. Schließlich sollte es besser werden als beim ersten Mal. Auch dieses Mal wollten sie natürlich, dass die ganze Geschichte niedergeschrieben wird. Wenn alles glattgeht, würde der Text das Erste Evangelium des Neuesten Testaments werden. Schade war nur, dass das mit der Zensur nicht mehr so klappte wie noch vor zweitausend Jahren. Damals legte man dem Autor nur Daumenschrauben an, und schon war Maria Jungfrau, als sie Gottes Sohn zur Welt brachte. Die Wahrheit war weitaus weniger phantastisch: Maria und Gott waren schon drei Jahre verheiratet, als sie schwanger wurde. Kurze Zeit später lernte die junge Frau Josef kennen, und es war irgendwie Liebe auf den ersten Blick. Erschwerend kam hinzu, dass Josef nett, charmant, zuvorkommend und schlicht um Klassen besser im Bett war als Gott. So ließ Maria sich von Gott scheiden. Weil dies für den Allmächtigen aber peinlich, ja fast schon armselig war, ließ er in die Bibel den Quatsch mit der jungfräulichen Empfängnis reinschreiben. Aber sein bester Freund, der Teufel, sorgte dafür, dass er diese Geschichte seit zweitausend Jahren immer wieder aufs Brot geschmiert bekam.

Kapitel 10

Ralf schlief an diesem Abend glücklich ein. Die Aktion, die Polizei nach Althausen geschickt zu haben, machte ihn stolz. Schon sein Lehrer auf der Hauptschule hatte ihm gesagt, dass er ein cleverer Bursche sei und viel zu wenig aus seinem Potential mache. Eigentlich war es nur ein billiger Trick gewesen, um einen in der Klasse zum Amt des Klassensprechers zu ködern, aber Ralf hatte ihm geglaubt.

In dieser Nacht lag Gott lange wach und überlegte. Er hatte inzwischen aufgegeben, daran zu glauben, dass Mario von sich auf die Lösung mit der Arche kommen würde. Noah war sicher nicht der Hellste gewesen, aber der hatte immerhin einen Turm bauen wollen. Gut, er war kein Architekt gewesen, die Machbarkeit seines Projekts hielt sich in Grenzen, aber er hatte sich wenigstens Gedanken gemacht. Und nach dem Wink mit dem Zaunpfahl hatte er auch sofort angefangen, ein Schiff zu bauen. Klar war der Gute auch kein Bootsbauer gewesen; sein Kahn wäre nicht lenkbar gewesen, verdammt, er wäre nicht mal geschwommen, wenn man ehrlich war, aber darum ging es nicht. Er hatte sich bemüht. Das Problem mit dem nicht Schwimmen hatte Gott einfach selbst in die Hand genommen, denn seine Chefin, der Tod, wäre verdammt sauer gewesen, wenn der Kutter einfach abgesoffen und alles Leben auf der Erde ausgelöscht worden wäre. Schon so war sie stinksauer, und es gab die nächsten zweihundert Jahre keine Lohnerhöhung.

Aber jetzt war der Planet überfüllt, zwei, drei Milliarden Menschen weniger konnten nicht schaden. Und selbst wenn es sie stören würde, seit sie mit Satan Schluss gemacht hatte, gab sie ihm ohnehin an allem die Schuld. In dieser Nacht, als er wach lag, dachte Gott darüber nach, wie er Robert Emmerich dazu bringen konnte, einen Film über den Weltuntergang und eine moderne Arche zur Rettung zu drehen. Wie er dann all seine übersinnliche Kraft aufbrachte, um diesen

Geizhals aus Althausen ins Kino zu locken und (was noch wichtiger war) ihn davon zu überzeugen, dass der Film die Wahrheit zeigte. Und wie er seitenweise Schwachsinn auf Wikipedia hochlud, um seine zugegeben schwache Story zu untermauern. Doch alles umsonst: Aus all diesem Wissen erwuchs nur Hass und der Drang, den Neuhausenern zu schaden. Dann kam ihm eine Idee: Er musste die anderen mit ins Boot holen. Ja, gemeinsam würden sie es schaffen!

In dieser Nacht erschien Gott in Ralfs Traum.

Kapitel 11

Die Gemeinheit, ihre Dorfschänke von der Polizei stürmen zu lassen, hatte sich herumgesprochen, und so wollten alle Althausener Vergeltung. Ähnlich verhielt es sich drei Kilometer entfernt: Hier glaubte man, die Althausener wären gemeingefährliche Geisteskranke. Das wurde noch bestätigt durch das Gerücht, dass Marios Jungs zwei Polizisten heimtückisch ermordet hätten. Interessant hierbei: So verschieden beide Gruppen auch sein mochten, so gleich war ihre Lösung des Problems: Heute Nacht würde man die anderen einfach lynchen und ihr Dorf bis auf die Grundmauern niederbrennen. Beide Seiten hatten jemanden aus ihren Reihen beauftragt, Masken zur Vermummung zu besorgen. Und natürlich bezogen beide auch den Dorfgeistlichen in ihren Plan ein und ließen sich ihr Vorhaben von ihm absegnen. Das ging bei dem evangelischen Pfarrer in Neuhausen klar, der katholische Pastor in Althausen aber ging noch einen Schritt weiter. Verbrennungen hatten bei der katholischen Kirche eine jahrhundertelange Tradition, und so ließ er es sich nicht nehmen, sich mit einer Fackel in der Hand an die Spitze der Bewegung zu setzen. Dumm war, dass in diesem Monat Micky-Maus-Masken im Angebot waren. So kam es, dass beide Seiten als Disney-Nagetier maskiert und mit Fackeln bewaffnet loszogen.

Wie es der Zufall wollte, versuchten beide Parteien auch an derselben Seite die Mauer zu umgehen, und so trafen sich fast fünfhundert Schwarzohren zu einer noch nie dagewesenen Schlägerei – aber keine der brennenden Fackeln fand in dieser Nacht ihr Ziel. Es hatte in den Tagen vor dieser Nacht viel geregnet, und der Acker der Entscheidung war ein einziges Schlammfeld. Der Mond tauchte das Ganze in ein fast mystisches Licht. Dann begann eine Schlacht, auf die J. R. R. Tolkien stolz gewesen wäre, nur kämpften hier nicht Orks gegen Zwerge. Das Ganze wurde auch nicht mit Schwertern und Bögen ausgekämpft, sondern nach alter Landbevölkerungstradition mit Knüppeln, Keulen und Fäusten. Daher blieb die Schlacht, so hasserfüllt und gewalttätig sie auch geführt wurde, doch letztlich ohne bleibende Schäden für alle Beteiligte, ein paar gekränkte Eitelkeiten nicht mit eingerechnet.

Als beide Parteien genug hatten von der Klopperei, trafen sich Ralf und Mario, um die Formalitäten eines Waffenstillstands auszuhandeln, der es erlaubte, dass alle Beteiligten ihr Gesicht wahren konnten.

Dieses Gespräch sollte alles ändern. Mario erzählte, dass es ohnehin egal sei, was sie hier aushandelten. Auf Nachfrage hin erklärte er, dass die Welt untergehe und man nichts dagegen tun könne. Mario bemerkte, dass Ralf ihm glaubte, aber dieser wollte sich nicht einfach in sein Schicksal fügen. Ralf erklärte vielmehr feierlich: „Wir müssen das verhindern!"

Und an einem ganz anderen Ort hörte Gott kurz darauf endlich die Worte, auf die er schon so lange gewartet hatte: „Last uns eine Arche bauen."

Gott war so erleichtert, dass er aufstand, seinen Flachmann hinter einem Buch im Regal hervorholte und einen großen Schluck Weinbrand trank. Und dann noch einen, bis der Flachmann leer war. Dann versteckte er die Flasche wieder; brauchte ja nicht jeder sehen, dass er heimlich trank. Aber im Suff kamen ihm immer die besten Ideen, und so baute er in einer Kurzschlusshandlung noch eine weitere Sicherung ein.

Kapitel 12

Am nächsten Tag waren unzählige Helfer damit beschäftigt, das ehemalige Schlachtfeld zu einem würdigen Versammlungsort umzugestalten. Dafür wurde von Gustav, einem dürren Mann mit vollem schwarzen Haar und Dreitagebart (er war der Schreiner aus Neuhausen) und Melanie, der einzigen weiblichen Azubine in diesem Berufszweig im Umkreis von hundert Kilometern, eine Bühne für die Redner gebaut.

Melanie war die siebzehnjährige Tochter von Gustav und sah fast so aus wie ihr Vater, bis auf den Bart, obwohl ein Flaum war da schon (warten wir noch ein paar Jahre, um das abschließend zu klären). Ulrich, der Dorfmetzger, ein dicklicher Blondschopf (von dem man jedoch nur noch den äußeren Haarkranz sah, das Zentrum war schon sehr ausgedünnt), baute einen Bratwurststand auf. Dazu hatten sich die Holly Bastards angekündigt; sie würden im Anschluss an die Versammlung die musikalische Untermalung des Abends übernehmen.

Alle Gastwirte hatten ihren eigenen Bierstand. Es versprach, das Geschäft des Jahres zu werden. Jetzt brauchten sie nur noch gutes Wetter. Aber das Leben ist nun mal kein Wunschkonzert, und so regnete es Hunde und Katzen. Zu allem Überfluss hängten Mario und seine Kumpels Banner auf, die der Schriftzug zierte: „Wir retten die Welt", was den Charme eines Griechen hatte, der sagt: „Von mir bekommen Sie ihr geliehenes Geld zurück!" Oder eines CDU-Politikers, der sagt: „Die Renten sind sicher." Zur ersten gemeinsamen Wir-retten-die-Welt-Sitzung kamen fast zweitausend Einwohner, viele nur wegen der Band.

Wie zu erwarten war, konnte man sich nicht auf einen Versammlungsleiter einigen, aber wozu hatte man denn einen neutralen Bürgermeister? Der wollte zwar nicht, denn an diesem Abend lief im Fernsehen das Bundesligaspiel Bayern München gegen

Borussia Dortmund, und das konnte er sich als Hoffenheim-Fan nicht entgehen lassen. Aber ob er Zeit oder Lust hatte, stand nicht zur Diskussion. So stand Helmut an diesem schicksalsweisenden Abend, neunzig Tage vor dem Ende unserer Zivilisation, vor dem besten Grund, warum man eigentlich untätig hätte bleiben sollen. Er hatte, wie immer, einen schlecht sitzenden Anzug an, gepaart mit einer geschmacklosen Krawatte.

Das Publikum bestand aus drei Gruppen. Die erste waren die Vertreter der Kirche, die der Meinung waren, den Untergang betend und in Meditation zu erwarten. Die zweiten waren die, die sich aktiv retten und dafür eine Arche bauen wollten (immerhin hatte das in dem Emmerich-Film auch geklappt), und die Dritten waren die mit etwas Gehirn im Oberstübchen. Sie standen dafür, genug Alkohol zu horten und eine Riesenweltabschiedsparty zu feiern. Wir haben schon weiter vorn auf das bedauerliche Phänomen hingewiesen, dass die Intelligenten leider nicht immer unserer aller Geschicke lenken. So bauten die Einwohner der Verbandsgemeinde ein Schiff. Von der Riesenweltabschiedsparty hätten wohl alle mehr gehabt, aber immer noch besser als das Gebete. Zu dem Abend kann man sonst noch sagen: Die Holly Bastards waren echt klasse.

Kapitel 13

An Bauen war erstmal nicht zu denken, denn die Gemeinde war leider pleite (was sie mit Weltmächten wie den USA auf eine Stufe stellte, bis auf das fast zu vernachlässigbare Detail, dass Alt- und Neuhausen nicht finanziell von China unterstützt wurden). Jetzt brauchten Gustav und seine Tochter erstmal Holz, viel Holz. Da die Gemeinde aber nicht über eigenen Wald verfügte, den Schlosspark ausgenommen, stellte die Materialbeschaffung ein nicht zu vernachlässigendes Problem da. Ein paar Kids, die Erfahrung damit hatten, Zigaretten im Supermarkt zu klauen, erklärten sich bereit, im Baumarkt Schrauben, Nägel und Scharniere zu klauen. Als der Schreiner ihnen allerdings eine vollständige Liste der zu beschaffenden Teile vorlegte, mussten sie mit Bedauern zugeben, dass sie zum Abtransport der Diebesbeute einen Kleinlaster brauchten. Da sie aber erst vierzehn waren, nahmen sie ihr Versprechen, sich der Aufgabe anzunehmen, zurück.

Als Bauplatz für die Arche wurde eine leere Fläche auf der Gemarkungsgrenze zwischen den Orten gewählt. Der Niederlassungsleiter der örtlichen Sparkasse machte zusätzlich Ärger, indem er jeden Kredit zur Finanzierung des Projektes kategorisch ablehnte. Fast schien es, als hätte er ein persönliches Interesse am Scheitern des Schiffsprojekts.

Am Abend ging er nochmal mit seinem Dackel spazieren. Er schlenderte im Mondschein über die Felder, und sein Dackel rannte fröhlich neben ihm. Wie immer bei seinen abendlichen Läufen hatte er das Tier nicht angeleint, was auch nicht nötig war, denn er hörte aufs Wort. Sein Weg führte beim Vereinsgelände der Angler vorbei, das jetzt still und leblos hinter Maschendraht zu seiner Linken lag. Der Hund rannte einem Kaninchen hinterher, das durch ein Loch im Zaun zum Angelweiher flüchtete. Als er am See war, spritzte etwas aus dem Teich. Es folgte ein markerschütterndes leises Jaulen, dann war Stille.

Der Banker folgte seinem Tier auf zweierlei Weise: erst durch die kleine Öffnung im Zaun, und dann in den Magen des Krokodils. Während er selbst wegen des Ablebens des Hundes vermutlich getrauert hätte (wozu er nur sehr kurz in der Lage war), gab es leider keinen, der derartige Gefühle seinetwegen verspürte.

An einem anderen Ort sprang Gott auf und ballte die Faust zur Siegerpose. Die Rückversicherung hatte eben ein großes Problem gefressen: Die Vertreterin des kleinlichen Bankers hatte dem Projekt Schiffbau gegenüber eine weitaus wohlwollendere Haltung. So konnten endlich die unvermeidlichen Ausgaben getätigt werden: Schrauben, Muttern, Nägel und ein Braukessel wurden besorgt. Proteste wie bei Stuttgart 21 gab es in Neuhausen auch, allerdings war Helmut schlauer als sein Amtskollege in Stuttgart. Er hatte eben das Glück, dass er aus dessen Fehlern Lehren ziehen konnte. Im Schlosspark Neuhausen gab es keine Proteste wegen dem Abholzen der alten Bäume – und das, obwohl sie unter Naturschutz standen. Wie das? Nun, der Bürgermeister befahl Ralf und Sam einfach, sich zwei Gemeindegärtner zu schnappen und, wenn es dunkel war, über die Schossparkmauer zu klettern.

Sie hatten Erfolg: Als die ersten Naturschützer merkten, was im Park abging, brach schon der Holzabfuhr-Lkw durch das verschlossene Tor und walzte sich auf der Fahrt zu den gefällten Rotbuchen durch die farbenfrohen Rabatten. Dann grub er mit seinem groben Profilzwillingsreifen den Englischen Rassen um, und zu guter Letzt rammte er dicke Stützen ins Erdreich zum Aufladen der Stämme. Bei dieser konsequenten Verwüstung war es schon unerheblich, dass der Truck relativ viel Öl verlor und der Fahrer überall seine aufgerauchten Kippen hinschmiss. Um drei Uhr Nachts kam Greenpeace und sah gerade noch den Laster beim Verlassen dessen, was einmal ein Park gewesen war. Weil sie am nächsten Tag noch einen Angelweiher inspizieren wollten, von dem sie gehört hatten, blieben sie vor Ort. Ja, hier war einiges zu tun, das sahen sie auf den ersten Blick.

Ralf und Sam dagegen kletterten unbemerkt auf der der wütenden Menschenmenge abgewandten Seite über die Mauer. So entkamen sie dem Mob verärgerter Ökos, der sie lynchen wollte. Die beiden Gemeindegärtner hatten nicht viel Glück, aber so viel Platz gab es auf der Arche ohnehin nicht. Insgesamt war der Tag mit der Nachtschicht ernüchternd: Mit dem Kredit von der Bank kamen sie nicht weit. Die Kleinteile waren gekauft worden, aber der Rest, vor allem das Material, um an Bord ein Brauerei zu errichten, erforderten einen so üppigen Finanzrahmen, dass ein weiterer Besuch bei der Bank unvermeidlich war

Diesmal ließ die Bankerin sich nicht erweichen. Sie hätten schon genug Geld Griechenland geliehen, und das würden sie auch nie wiedersehen. Helmut beschloss daraufhin, die Bank zu verstaatlichen, eher zu vergemeidlichen. Kurz gesagt, er wies den Ordnungsdienst an, mit der Knarre in die Bank zu gehen, die Mitarbeiter, die nicht kooperierten, in die Ausnüchterungszelle zu sperren und das aufgefundene Bargeld der Gemeindekasse einzuverleiben. Den Einwand, das wäre ein Überfall, tat er mit der Begründung ab, dass dies gängige Praxis sei in großen Demokratien wie China, Russland oder Kuba. Wichtig sei vor allem, dass die inhaftierten Banker gegen den Staat bzw. gegen die Gemeinde seien und deshalb keine Anhörung bekommen dürften. Also keine Kommunikation mehr mit Außenstehenden!

„Notfalls, ja, notfalls müssen wir die Feinde des Systems eben hinrichten", sagte Helmut mit gekünsteltem Lachen. Nur wenige sahen den wahnsinnigen Schimmer in seinen Augen.

Hubert war seinem Boss treu ergeben, und so stand um 14 Uhr der brave Ordnungshüter in der Sparkasse und bedrohte die Angestellten folgsam und korrekt mit einer entsicherten automatischen Waffe.

Die Rotbuchen aus dem Schlosspark brachten das Vorhaben leider nicht nennenswert weiter: Das Holz konnte man nur für Innenarbeiten und Möbel verwenden. Kurzerhand wurde deshalb beschlossen, ins nahe Mittelgebirge zu fahren, um da illegal Holz zu fällen. Hubert bekam den Befehl, die Holzdiebe zu schützen und sich vor allem noch einen Kollegen zu suchen und ihn zu bewaffnen. Derweil war die Delegation von Greenpeace im Bürgermeisteramt bei Helmut vorstellig geworden. Dieser begrüßte die zwei Langhaarigen, einen Mann und eine Frau, freundlich und bot ihnen Kaffee im Plastikbecher und Gebäck auf einem PVC-Teller an. Nadine und Sandro waren schon lange bei der Umweltschutzorganisation und hielten den Bürgermeister vom ersten Moment an für ein Arschloch. Nadine war eine hübsche Fünfundzwanzigjährige mit rotbraunen Haaren und grünen Strähnen. Gekleidet war sie mit schwarzen Leggins und einem gebadigten Shirt. Sandro war fast zwei Meter lang, hatte seine lange blonde Mähne zu einem Pferdeschwanz gebändigt, trug Camouflage-Hosen und ein hellbraunes Shirt, das eng genug anlag, dass man seinen muskulösen Oberkörper erahnen konnte. Helmut, der völlig anders war als die beiden jungen Leute vor sich, kam trotz aller Differenzen zu dem selben Schluss: Auch er hielt die Greenpeace-Mitglieder für Arschlöcher. Die Ausgangssituation für einen sinnvollen Konsens war denkbar schlecht.

Kurz darauf flogen die zwei hochkant aus dem Büro. Sie gingen daraufhin zum Park, um Beweisfotos zu schießen und dann zum See und zwängten sich durch das Loch im Zaun. Nadine trat ans Ufer und knipste ein paar schockierende Bilder. Einen Moment lang glaubte Sandro, etwas im See zu sehen.

„Komm da weg, mir ist das nicht geheuer."

„Einen Moment, bin gleich fertig."

Dann nahm sie ein paar Reagenzgläser aus ihrer Handtasche und füllte sie. Die junge Frau sah nicht, wie sich ein Tier nur wenige Meter von ihr entfernt im trüben Wasser bewegte, sie beobachte. Sie verschoss die Röhrchen und verstaute alles in der Tasche.

„So, fertig."

Grazil schlang sie die Arme um Sandro und küsste ihn. Eng umschlungen gingen sie ins Anglerheim, wo nach und nach alles seinen

Weg zum Boden nahm, zuletzt das Paar selbst. Völlig mit sich selbst beschäftigt, merkten sie nicht, wie ein riesiger Alligator aus dem Teich stieg und behäbig zum Eingang der Hütte wankte. Doch sie hatten Glück: Das Krokodil hatte gar keinen Hunger. Es hatte vor zwei Stunden eine Kuh als Snack gehabt und störte sich nur an dem Geröchel und Gestöhne, das es bei seinem Verdauungsschlaf störte. Um ein Haar wäre es sogar gesehen und viele Menschen gerettet worden, wenn Nadine ihre Kamera um 180 Grad in die andere Richtung auf den Boden hätte fallen lassen. So jedoch sendete sie live auf dem Videoportal von Greenpeace. Nicht nur die Partner der beiden verfolgten in Echtzeit den Seitensprung, sondern auch Nadines Eltern und Großeltern, ihre Kommilitonen, Nachbarn und ehemaligen Lehrer. Hunderte, die die beiden kannten und Millionen, die es nicht taten, aber das Ganze trotzdem geil fanden, sahen zu. Der Liebesakt fand erst dann ein jähes Ende, als Nadine plötzlich das rote Licht an der Kamera sah, aber da war es schon längst zu spät. Wenn sie von der Existenz des Monsters in dem Gewässer gewusst hätten, hätten sie sich in diesem Moment liebend gern fressen lassen. Aber das Krokodil war da schon wieder zurückgeschlurft; die Kuh lag ihm allzu schwer im Magen.

Kapitel 14

Vom letzten Baum waren die zwei Wachposten Ralf und Sam mit ihrem übel zugerichteten Gemeindegärtner weit entfernt. Die Vier fuhren im VW-Bus vor; ihnen folgte der Lkw mit einem Kran, der das Stammholz auf die Ladefläche befördern sollte. Sie fuhren weit in die Berge, um einen abgelegenen Berg zu finden, denn sie hatten keine Lust, erwischt zu werden. Als sie weit genug ins Tal gefahren waren, außerhalb der Hörweite von Orten, bogen sie in einen Waldweg. Nach zwei Kilometern fanden sie eine flache Stelle, wo sie mit den Fällarbeiten beginnen konnten.

Die Gärtner holten Sägen von der Ladefläche des VW-Busses, und der Holztruck fuhr an den vier Männern vorbei, um einen Wendeplatz zu suchen.

Eine Stunde später standen in dem Wald noch immer alle Bäume, und die Gärtner schrien einander an, unfähig zu sein. Ralf hatte nur so viel verstanden, dass der eine Elektrokettensäge mitgebracht hatte, es im Wald aber keinen Strom gab. Der andere war schlauer gewesen und hatte eine mitgebracht, die mit Benzin lief. Doch schlau genug, auch Sprit mitzubringen, waren beide nicht gewesen, und so stritten sie jetzt wie zwei Kesselflicker. Ralf bedauerte es, keinen Handyempfang zu haben, er hätte gern den Bürgermeister gefragt, was er ihm da für Deppen geschickt hatte. Sam maulte, weil er seiner Freundin versprochen hatte, heute früher nach Hause zu kommen, und jetzt war schon wieder nach zwei.

In dieser ausweglosen Situation kam der Ritter mit schillernder Rüstung alias ein Truck mit einer dicken Ladung Holz. Warum eigentlich selbst fällen, wenn man schon klaut?

Inzwischen wurde mir das Ganze zu dumm. Der Supermarkt war geplündert, es gab zwar noch keine Arche, aber die Speisekammer des Schiffes (wenn es je fertig werden würde) war voll. Dazu kam, dass die meisten nicht mal wussten, wer die Mayas waren, aber wegen ihrem blöden Kalender machten sie eine Panik, gegen die es auf der Titanic ruhig gewesen sein muss. Überall wurden Schutzkeller ausgehoben für den Fall, dass die Arche doch nicht rechtzeitig fertig würde. Gut, mir war jetzt etwas unklar, wie so ein Keller bei einer Flut helfen sollte, aber wenn es den Leuten half, sich besser zu fühlen, sollten sie ruhig buddeln!

Dazu kam, dass plötzlich jeder in Kirche rannte, um sich von seinen Sünden reinzuwaschen. Jetzt, wo alles aus sein sollte und die Gemeinde kein Geld mehr brauchte, füllten sich die Klingelbeutel – und keiner traute sich, wenigstens mal reinzugreifen.

Weil ich auf das Ganze keinen Bock hatte, fuhr ich mit meinen Kumpels nach Frankreich. Dieser Plan führte zu den unvermeidlichen Fragen von Freunden und Nachbarn, ob ich mehr wüsste. Viele vermuteten, ich hätte einen rettenden Platz oder dass Frankreich verschont bleiben würde, weil wir ja die Bösen waren, wir hatten ja Hitler gehabt. Dabei hatten die Franzosen mit Napoleon auch ein ziemlich heißes Eisen im Feuer. Hätte man das Ganze zu Ende gedacht, wären nicht zuletzt die USA abgesoffen, weil die ja Bush gehabt hatten, und das sogar im Doppelpack.

Wir flüchteten also aus unserer Heimat in den wohlverdienten Frankreichurlaub, und nach zehn Kilometer konnte ich den Letzten, der sich verzweifelt an meiner Stoßstange festklammerte, mit einem geschickten Bremsmanöver loswerden. Was ich erst in Frankreich merkte: Eine Mutter hatte mir ihren Säugling in den Kofferraum gelegt und einen Zettel. Wir beratschlagten kurz, ob am Autobahnparkplatz aussetzen oder Babyklappe, verwarfen dann aber wegen des zu erwartenden Schreibkrams beide Optionen und ließen den Schreihals erstmal im Kofferraum.

Das wurde uns kurz vor Baden-Baden zum Verhängnis. Zwei grün Uniformierte in einem grünweißen Auto mit blauer Lampe winkten uns raus. Kurz ging mir dieser Facebook-Witz durch den Kopf: *Was hat vier Beine und das Arschloch an der Seite? Ein Polizeihund.* Nein, der andere. Genau, ich meine den, wo das Kind zur Welt kommt, Relativitätstheorie aufsagt und der Arzt meint, zu intelligent, schneiden wir die Hälfte des Gehirns raus. Darauf gibt der Säugling den Satz des Satz des Pythagoras zum Besten und der Arzt meint: Immer noch zu schlau. Also nehmen sie am Ende das ganze Hirn raus, und jetzt sagt das Kind: Verkehrskontrolle, Führerschein, Fahrzeugschein, bitte ... Und damit ist es gut.

Gut, von mir wollten sie sogar den Ausweis sehen. Als dann noch das Balg im Kofferraum losplärrte, lagen ich und mein Kumpel erstmal im Dreck.

Stunden später wurden wir freigelassen. Nachdem geklärt war, dass wir das Baby nicht entführt hatten und die Mutter es nur vor dem drohenden Weltuntergang hatte retten wollen, waren die Bullen gnädig. Sie übergaben den Schreihals dem Jungendamt und erklärten der verängstigten Mutter, dass sie ihre Tochter auf den höchsten Berg bringen würden, wo ganz bestimmt keine Flut hinkäme.

Mit reichlich Verspätung und dreckigen Klamotten setzten wir endlich unsere Fahrt fort. Wir mieteten uns in einem kleinen Hotel ein und erfreuten uns an der himmlischen Ruhe weitab vom Weltuntergang.

Auf der Schiffbaustelle auf der Gemarkungsgrenze zwischen Neuhausen und Althausen ging es derweil hoch her. Hatten die Holzdiebe sich auf einen frühen Feierabend gefreut, so sahen sie sich getäuscht: Kaum hatten sie die Stämme abgeladen, fuhren sie auch schon wieder in den Wald. Die Gärtner ließen sie diesmal zurück, gebrauchen konnte man sie nicht, selbst wenn man die Bäume hätte fällen müssen, wäre der Nutzen dieser beiden Gestalten fraglich gewesen.

Noch zwei andere waren in dieser Nacht aus der Verbandsgemeinde geflohen, um einen geheimen Auftrag von Helmut auszuführen: Klaus und Dieter waren auf der Fahrt nach München. Beim ersten Pinkelstopp hatten sie Klaus´ Frau einfach zurückgelassen. Sie befand sich jetzt in einem Scania-Truck, ungefähr zehn Minuten hinter ihrem liebenden Ehemann und dessen Saufkumpanen. Diesmal würde er seine Eskapaden mit seinen Eiern bezahlen. Der arme Lkw-Fahrer schwitzte Blut und Wasser. Er schwor sich, nie mehr sein Führerhaus offen zu lassen, wenn er sich schlafen legte. Jetzt saß er in Unterhosen hinter dem Steuer und verfolgte für diese Furie neben sich deren bedauernswerten Gatten. Er konnte dessen Flucht nur zu gut verstehen. Natürlich ahnten die beiden nichts von der drohenden Gefahr, und so gaben sie bald ihrem Durst auf ein kühles Bier nach.

Des einen Freud ist des anderen Leid: Wäre Klaus nur etwas schneller gefahren oder der halbnackte Trucker etwas langsamer, Ingeborg hätte nicht gesehen, wie der Kleinbus in die Ausfahrt zu Raststätte bog. So aber war es um die beiden lebensmüden Abenteurer geschehen. Des einen Freud ist des anderen Leid, will sagen: Freuen durfte sich der Fahrer, dass er den alten Drachen endlich vor dem Rasthof absetzen konnte. Ihm war sogar egal, dass sie ihm seinen Lieblingsbaseballschläger geklaut hatte, er sah zu, dass er Land gewann. Erst dreihundert Kilometer weiter, in Österreich, als sein Tank leer war und er stoppen musste, nahm er sich die Zeit, sich anzuziehen. Er schrieb noch am selben Tag seine Kündigung und machte eine Umschulung zum Möbelverkäufer. So hätte er hundert Jahre alt werden können, wäre er nicht an einem sonnigen Tag aus heiterem Himmel beim Kacken vom Blitz erschlagen worden. Ihr glaubt mir bestimmt nicht, aber ich schwöre euch, so war es. Er saß da, auf der Kundentoilette seines Möbelhauses, rauchte gemütlich, und dann schlug es ein.

Kapitel 15

Dieter und sein Begleiter hatten sich gerade mit ihrem Bier an die Theke gesetzt und angestoßen, als Ingeborg, von ihnen unbemerkt, den Gastraum betrat. Dieter erzählte gerade, dass er für den Bau der Arche unentbehrlich sei, weil er der einzige wäre, der ... als er aus dem Augenwinkel die Mordlust in Person der Gattin von Klaus sah.
Im letzten Moment stieß er seinen Freund zur Seite, und nur Sekunden später schlug der Baseballschläger da ein, wo zuvor Klaus´ Kopf gewesen war. Verzweifelt versuchte Klaus, sich auf dem Boden robbend aus der Gefahrenzone zu retten, aber er hatte keine Chance. Dieter indes versuchte, sie festzuhalten, um seinen Freund die Flucht zu ermöglichen. Sie schüttelte ihn ab wie eine lästige Fliege. Als er wieder auf dem Boden landete, hörte er plötzlich eine tiefe Stimme neben sich, eine sehr tiefe Stimme.
„Ihr zwei Clowns seid wichtig für den Bau der Arche?"
Dieter sah zur Seite; er erkannte etwas großes Grünes und antwortete: „Immens wichtig. Ohne uns scheitert das ganze Projekt."
Noch während sich Dieter Gedanken wie „Der Fremde hat aber ein seltsames Gesicht" oder „Der ist mindestens zehn Meter lang" machen konnte, setzte sich dieser in Bewegung.
„Wichtig. Lassen sich von einer Frau verprügeln, sind aber wichtig."
Im nächsten Moment schluckte der Fremde mit dem seltsamen Körperbau und der ungesund grünen Hautfarbe Ingeborg mit einem Schnapp runter. Dann drehte er sich um und verließ gemächlich den Gastraum. Klaus, der immer noch weinend unter dem Tisch kauerte, hatte fast nichts sehen können, und Dieter glaubte, dass es ein Alligator gewesen war, aber die konnten ja nicht reden. Also stellten sie die Barhocker wieder auf und tranken weiter.

Der Barkeeper hatte währenddessen nicht mal von seinem Handy aufgesehen. Während das Krokodil mit seiner Bahncard 50 zurück nach Neuhausen fuhr und unterwegs einen kleinen Fahrkartenkontrolleur-Imbiss nahm, schossen sich die beiden Helden richtig die Lampen aus, was dazu führte, dass sie ihre Aufgabe an diesem Tag nicht erfüllen konnten.

Schneller voran kamen Ralf und Sam, die inzwischen zum dritten Mal Holz brachten. Anfangs wollten sie ein Sägewerk klauen gehen, aber das war natürlich Blödsinn. Erstens war so ein Bauwerk zu groß, und zweitens brauchte es einen Bach zum Antrieb. So überfielen die Männer vom Ordnungsamt das nächste Sägewerk und brachten es in ihre Gewalt.

Bürgermeister Helmut hatte stark aufgestockt. Sie waren jetzt viele und bis auf die Zähne bewaffnet. Auch waren sie jetzt nicht mehr die drögen Strafzettelschreiber vom Ordnungsamt, sondern die BT, die Bürgermeister-Truppe. Der geneigte Leser könnte jetzt vermuten, dass Helmut ursprünglich Kunst hatte studieren wollen in Wien und dass ihn dort keiner wollte. Wir werden es nie erfahren, weil Helmut noch nicht mal Abitur hatte, aber dafür vier Idioten als Schlägertrupp.

Nun, die BT nahm das Sägewerk ein und sperrten den Besitzer sowie dessen Frau und Kinder in die Speisekammer. Natürlich hatten die vier nicht nachgesehen, ob diese ein Fenster hatte. Die Speisekammer hatte selbstverständlich eines, und nun lieferten sie sich schon seit Stunden ein Feuergefecht mit der Polizei. Was wiederum das Arbeiten im Werk sehr erschwerte, wenn nicht unmöglich machte.

Das Krokodil erfuhr hiervon live im Radio und hoffte, dass die Deppen das mit der Hundertschaft hinbekommen würden, weil ihm so viele Polizisten sicher schwer im Magen liegen würden. Nach kurzer Überlegung beschloss es, dem Sägewerkbesitzer ein Angebot zu machen, das er nicht ablehnen konnte, und am frühen Morgen desselben Tages bekam Helmut einen Anruf. Der Sägewerkbesitzer erklärte mit zitternder Stimme, dass er nicht gefressen werden wolle und sie sein Sägewerk so lange haben könnten wie sie wollten, er mache so lange Urlaub.

Die vier Trottel hielten im Sägewerk noch drei Tage die Stellung, dann wurde es von der Bundeswehr kurzerhand gesprengt, und Helmut musste neue BT-Angehörige suchen. Erschöpft, aber nicht unzufrieden über sein Tagwerk, begab sich das Krokodil zurück in seinen See, um zu schlafen. Hätte es gewusst, was die so wichtige Aufgabe von Klaus und Dieter war, hätte es die zwei Männer wohl als Nachtisch verdrückt.

Diese waren inzwischen aus der Raststätte getorkelt, laut singend, sich gegenseitig Halt gebend und waren dann auf der Ladefläche des VW-Busses eingeschlafen. Kurz nach acht am Morgen bekamen sie die Strafe dafür, dass sie zu betrunken gewesen waren, die Heckklappe zuzumachen. Zwei Herren in grünen Uniformen mit einem Gesichtsausdruck, der verriet, dass es damals mit dem Hauptschulabschluss knapp gewesen war, klopften an die offene Tür. Dieter reagierte zuerst, indem er laut furzte, gefolgt von einem nicht minder lauten Rülpser.

„Polizei, allgemeine Fahrzeugkontrolle! Ihren Führerschein, Fahrzeugschein und Ausweis, bitte", sagte die junge Beamtin, die in anständiger Kleidung sicher gut ausgesehen hätte, jetzt aber einem Kartoffelsack glich.

Dieter hatte die Ansage geistig noch nicht verarbeitet, als die Polizistin schon weitermachte: „Haben Sie etwas getrunken?"

Einen Moment lang hatte Dieter vermutet, dass sie eine höhere Schule besucht hatte, als sie den Eindruck mit dem nächsten Satz sofort wieder zerstörte: „Dann dürfen Sie aber kein Auto fahren."

Dieter wollte ihr alles erklären, aber als er sich aufgerichtet hatte, wurde ihm so übel, dass sich sein Mageninhalt einen anderen Ausgang als üblich suchte. Zum Glück konnte die Beamtin gerade noch zur Seite springen und ihre Uniform retten; ihr Kollege, der hinter ihr stand, war nicht so schnell. So landeten die beiden Helden in der Ausnüchterungszelle.

Inzwischen kamen die Arbeiter im Sägewerk schnell voran. Klar war bei Tageslicht der Nachschub an Holz erst mal abgeschnitten, aber die drei Lkw-Ladungen der Vornacht waren erstmal genug. Die Rekrutierung neuer BT-Mitglieder gestaltete sich unterdies schwieriger als gedacht. Irgendeine Spaßbremse hatte ausgerechnet, dass die durchschnittliche Lebenserwartung eines BT-Officers unter der einer Eintagsfliege lag, je nachdem, wann man im Kampf mit der Polizei starb, zwischen achtzehn und einundzwanzig Stunden. Diese Statistik schreckte viele potentielle Bewerber ab.

Kapitel 16

Es ist davon auszugehen, dass keiner der am Projekt „Arche" Beteiligten je das Logbuch der „Mayflower" (1620) gelesen hatte. Darin heißt es bekanntlich: „Wir haben keine Zeit mehr für weitere Suche und Überlegungen; unsere Lebensmittel gehen zur Neige, besonders unsere Biervorräte." Die Ängste waren hier dieselben wie vor fast vierhundert Jahren. Allerdings konnte die Besatzung der Mayflower davon ausgehen, irgendwann anzukommen, wo es Bier geben würde. Bei der Arche verhielt es sich anders: Man musste wohl oder übel davon ausgehen, dass auch Brauereien den Weltuntergang nicht überleben würden. Die Lösung für dieses beunruhigende Problem war einfach: Man brauchte einfach einen Bierbrauer, und zwar den besten, und der lebte in München. Daher war es Klaus´ und Dieters Aufgabe, dort hinzufahren, ihm eins über die Rübe zu hauen und ihn herzuschaffen

Der Plan war einfach, und schon mit einem Tag Verspätung waren die Zwei wieder auf der Autobahn.

„Das Ganze hat noch ein Nachspiel!", brüllte ihnen zum Abschied der Polizist mit der vollgekotzten Hose hinterher.

Am frühen Abend kamen sie an in der bayrischen Landeshautstadt. Den Braumeister ihrer Lieblingsbrauerei kannten sie von Fotos aus dem Interner. Zunächst sah es so aus, als hätten sie Glück, aber dann ging alles schief: Der hagere Mann Mitte Fünfzig war leicht zu überwältigen. Doch als sie ihn in den Bus ziehen wollten, fing er unkontrolliert an zu zucken, bekam Schaum vor dem Mund, und dann (was richtig doof war) brach er einfach zusammen und war tot. Da half nichts, keine Ohrfeigenwiederbelebung und auch kein tapferes Anbrüllen.

Nach kurzer Beratung beschlossen sie, den Braumeister der zweitbesten Brauerei zu entführen. Brauchte ja keiner zu erfahren, dass dieser nicht der war, den alle wollten!

Was mich anging, hätte ich übrigens gut mit Wein leben können. Ich saß mit meinen Kumpels nämlich gerade in Frankreich auf einem Weingut, trank vorzüglichen Wein, aß selbstgemachten Käse auf offenfrischen Baguette und schrieb nebenbei an dem Manuskript, das ihr hier lest.

Klaus und Dieter kamen auf dem Parkplatz der zweiten Brauerei an. Auf der Homepage stand diesmal nichts über die Belegschaft, aber der Braumeister musste da sein, es wurde ja vierundzwanzig Stunden am Tag produziert. Jetzt, wo die beiden darüber nachdachten, war es schon seltsam, weil in ihrer bevorzugten Brauerei auch rund um die Uhr, sieben Tage die Woche, gebraut wurde. Die Lösung lag auf der Hand, nur die beiden waren geistig nicht flexibel genug, sie zu erkennen. Sie standen auf dem Parkplatz, überlegten und kamen zu dem Schluss, dass sie da reinmussten.

Um die Brauerei war ein zwei Meter hoher Zaun. Dieter stellte sich mit dem Rücken davor und machte die Räuberleiter. Aber entweder war der Bodybuilder zu schwach oder Klaus zu schwer oder zu ungelenk, auf jeden Fall fielen beide übereinander. Was sie nicht bemerkten: Kameras waren auf sie gerichtet. Der Sicherheitsdienst lachte sich nicht nur einen ab über die stümperhaften Versuche dieser zwei Deppen, sondern rief auch die Polizei. Die hätten die Einbrecher auch bestimmt gestellt, wenn diese nicht plötzlich ihr Vorhaben aufgegeben hätten und geflüchtet wären.

Klar hatten sie aufgegeben, aber nicht den Einbruch, vielmehr das über die Mauer klettern. Das war schlau, weil sich nun alles auf den Zaun konzentrierte. Die Wachmannschaft schickte Fußpatrouillen los, die Polizei kontrollierte das Umland, und Klaus und sein Kumpel krabbelten auf dem Bauch einfach vor dem Pförtnerhäuschen vorbei.

Hätten die Männer in der Pforte nicht auf den Monitor gesehen, sondern vor sich, hätten sie die Eindringlinge geschnappt.

So jedoch erreichten die zwei dreckig und vor Angst nassgeschwitzt das Innere des Werks. Vorsichtig pirschten sie sich weiter. Zu ihrer beider Glück begegneten ihnen nur wenig Leute auf dem Gelände. An der Produktionshalle waren an jeder Seite große Tore, und in ihnen waren kleine Türen. Durch diese trauten sich die beiden natürlich nicht. Die Gefahr, erwischt zu werden, war zu groß. An der Südseite aber gab es Fenster, hinter denen kein Licht brannte.

Jetzt kam die Stunde, für die Klaus sein Einbruchswerkzeug mitgebracht hatte. Lässig holte er den Glasschneider raus. Dieter fragte skeptisch: „Hast du das schon mal gemacht?"

„Ja, fast", antwortete Klaus.

„Wie? Was heißt ja fast? Hast du, oder hast du nicht?"

Was der Gefragte nicht zugeben wollte: Eigentlich hatte er den Glasschneider noch nie in der Hand gehabt. Er hatte nur mal gesehen, wie er in einem Krimi im Kino benutzt wurde und sich das gut gemerkt. Der Film hieß „Die Herren mit der weißen Weste" mit Heinz Erhardt.

„Klar hab ich es schon gemacht, was denkt du denn? Glaubst du, ich hab das gekauft, um damit anzugeben?"

Dieter nickte zustimmend. „Ja, genau das hatte ich gedacht."

Klaus nahm das Gerät, setzte es an der Scheibe an und begann vorsichtig zu kratzen. Erstmal passierte wenig. Er hatte gedacht, dass die Nadel wie durch Butter gehen würde, aber das nichts. Als er den Druck erhöhte, schnitt er jedoch tatsächlich ins Glas, und dann war es fast so einfach wie im Film. Er war sich fast sicher, dass nichts mehr schiefgehen konnte, als er sein Hämmerchen nahm, um die Oberflächenspannung zu lösen. Hätte er in Physik aufgepasst, dann hätte er gewusst, dass er hierfür auf der falschen Seite der Scheibe saß und klopfte. Zudem wäre er sich schrecklich bescheuert vorgekommen und hätte sich geschämt. Leider hatte er jedoch nur einen sehr begrenzten Horizont, und so tat er nichts davon.

Immerhin war er nicht allein, denn nach wenigen Minuten mochte Dieter es sich nicht länger anschauen.

„Gib mal her, lass mich mal! Du machst das bestimmt falsch!"

Gewiss die richtige Erkenntnis, doch auch sein Lösungsansatz war falsch: Er nahm das Werkzeug und machte genau denselben Blödsinn wie Klaus. Und da gibt es immer noch welche, die daran zweifeln, dass wir vom Affen abstammen! Wenn dieser Menschenschlag mit Nachdenken nicht weiterkommt, probiert er es mit Gewalt. Folglich schlug Dieter die Scheibe kurzerhand ein. Mehr Aufsehen hätte er mit durch die Tür gehen auch nicht erregen können, doch es passierte, was passieren musste: nichts. Es wäre auch nichts passiert, wenn sie durch die Tür gegangen wären. So aber verdiente wenigstens der ortsansässige Glaser ein paar Euro, und das war ja auch nicht verkehrt.

Mühselig versuchten die beiden Bewegungslegastheniker durch das Fenster einzusteigen, gaben den Versuch aber nach wenigen Sekunden wegen Verletzungsgefahr auf und standen somit wieder da, wo sie schon vor einer Stunde gestanden hatten: vor einer der vier Türen, die in die Produktion führte.

Sie öffneten sie und traten in eine Halle mit gefliesten Wänden und gefliestem Boden, in den Abflüsse eingelassen waren. In der Mitten standen riesige Edelstahltanks, mindestens zwölf, und überall verliefen Rohre, in allen erdenklichen Durchmessern. Der Lärm war unerträglich und der Gestank auch nicht viel besser. Am befremdlichsten aber war: Hier war keiner, nicht ein einziger Arbeiter. Nach oben führende Treppen verrieten, dass es eine zweite Arbeitsebene geben musste. Vorsichtig, immer darauf bedacht, kein Geräusch zu machen, stiegen sie die Treppen, die aus Gittern bestanden, hoch. Auch wenn man zugeben musste, dass sie sich das hätten sparen können: Selbst mit einen Fanfarenzug im Gepäck hätten sie den Motorenlärm nicht übertönen können.

Oben war es ähnlich laut, nur klapperten hier Flaschen, Unmengen von Flaschen, die in unendlichen Zügen durch die Halle fuhren, erst leer, dann durch eine Waschstraße, und zuletzt wurden sie gefüllt und verschlossen. Ja, und hier gab es auch endlich Menschen. Sie waren weiß gekleidet und trugen lächerliche Haarnetze auf dem Kopf.

Klaus beschloss, sie anzusprechen und zu fragen, wo der Braumeister sei. Doch die Arbeiter, die er fragte, verstanden ihn nicht, denn bayrische Bierbrauer sind meist schlechtbezahlte Gastarbeiter aus Osteuropa oder gleich aus Afrika.

Frustriert und unverrichteter Dinge gingen sie zurück ins Erdgeschoss und traten aus der Halle. Draußen war es hell. Strahler blendeten sie, und ein Polizist brüllte in ein Megaphon: „Kommen Sie mit erhobenen Händen raus! Sie haben keine Chance! Wir haben das Gebäude umstellt!"

Klaus und Dieter ließen sich sofort auf den Boden fallen. Doch zu ihrer Überraschung wurden sie nicht festgenommen. Einer der Beamten wies sie an, auf der Erde zu bleiben und zu ihnen rüberzukrabbeln. Kaum hatten die beiden die andere Straßenseite erreicht, wurden sie schon von Sanitätern in Decken gepackt, und der Polizist mit der Flüstertüte begann, sie mit Fragen zu löchern: „Wie viele Geiselnehmer? Wie viele Geisel? Wie sind sie bewaffnet? Gibt es Forderungen?"

Dieter trug ganz dick auf. Er erzählte von einer blutrünstigen Armee von Russen, die gleich anfangen würden, Geiseln zu erschießen, wenn sie nicht Geld, ein Flugzeug und freies Geleit bekämen.

Die beiden waren schon mit dem Krankenwagen aus der Brauerei raus, als Blendgranaten in die Halle flogen, eine Hundertschaft die Produktion stürmte und jeden, der nicht die Hände hochnahm und sich zu erkennen gab, erschoss. Leider konnte keiner der unterbezahlten Gastarbeiter Deutsch, und so überlebte keiner die Razzia.

Kapitel 17

Bevor die Polizisten darüber nachdenken konnten, wo diese bösen Menschen abgeblieben waren und unangenehme Fragen stellen konnten, beschlossen Dieter und Klaus, aus der Klinik zu fliehen. Das war ihre erste Erkenntnis. Ihre zweite war, dass sie, wie die Attentäter vom 11. September es vorgemacht hatten, zunächst selbst erlernen mussten, was sie wollten. Diese Typen hatten keine Piloten entführt, nein, sie hatten einfach selbst gelernt, ein Flugzeug zu fliegen. Daraus folgte (wenn man bei derartigen Schlüssen von Logik sprechen kann): Dieter und Klaus mussten sich die Kunst des Bierbrauen selbst aneignen.

Also schauten sie im Internet, wo sie einen entsprechenden Kurs besuchen konnten. Außerdem erfuhren sie auch gleich die Hardware, also, wie viele Zutaten sie brauchten, welche Kessel und so weiter.

Schnell begriffen sie: Es war hoffnungslos. Selbst wenn sie das Bierbrauen in neunzig Tagen hätten lernen können (was noch lange nicht feststand) würde es ihnen dennoch kaum gelingen, selbst eine ganze Brauerei zu bauen. Klauen wäre eine Idee gewesen, aber wie transportieren? Und selbst wenn das gelingen sollte, würde sie dann auf das Schiff passen?

Weil das Ganze jetzt doch etwas zu viel Input für die zwei war, gaben sie ihre Mission auf und traten den Rückzug an. Ja, sie wollten zurück nach Althausen, besser früher als später. Leider war ihr Barvermögen soweit aufgebraucht, dass sie erst zu Bank mussten. Klaus, der immer wartete, bis kein Angestellter mehr in der Bank war, um sich an den Geldautomat zu schleichen, wollte bis zum Abend warten, aber Dieter versicherte ihm, dass sein Konto gedeckt sei und hier eh niemand sie kannte. Wenig später waren sie auf der Autobahn und Klaus wusste, wie die in der Bank aussahen und dass sie einen nicht mal fressen wollten.

Zuhause angekommen, wollte man sie zunächst lynchen, ließ dann aber Gnade vor Recht gelten und nagelte Klaus und Dieter ans Kreuz. Dort hingen sie jedoch nicht lange, weil die Außenwand des Schiffes mit Teer gestrichen werden musste und keiner Lust auf diesen Job hatte. So holte man sie kurzerhand wieder runter, drückte ihnen Pinsel und Farbrolle in die Hand und erklärte ihnen, dass sie zum Sterben später noch genug Zeit hätten, jetzt sollten sie erstmal schaffen.

Helmut hatte eigentlich ein Kreuzfahrtschiff bauen wollen, so wie die Queen Elisabeth, nur hatten sie weder Stahl noch Motoren, und selbst wenn, nach dem Weltuntergang hätten sie keinen Diesel zum Tanken gehabt. So wurde die Arche ein Segelschiff, ähnlich wie die Gorch Fock, nur eben etwas schlechter verarbeitet (immerhin war das Segelschulschiff der deutschen Marine von Profis geplant und gebaut worden, nicht von einem kleinen Dorfschreiner). Kurz war übrigens auch im Gespräch gewesen, einfach die Gorch Fock selbst zu klauen, aber wie man sie auf die Wiese zwischen Neuhausen und Althausen bringen sollte, war ein nicht zu lösendes Hindernis gewesen, sodass sie diese Idee bald wieder verworfen hatten.

Jetzt hatte der Schreiner mit seiner Tochter zumindest schon die Außenhülle gebaut. Größere Sorgen bereitete ihnen, dass sowohl der Bürgermeister als auch ein Vertreter von Neuhausen und natürlich von Althausen ein Steuerrad wollten. Dabei war es das kleinste Problem, dass das scheiße aussehen würde (wie das funktionieren sollte, war noch nicht ganz klar), das größere Problem war, dass sämtliche Holzvorräte der umliegenden Wälder inzwischen aufgebraucht waren. Politisch kam noch hinzu, dass einige Bürgermeister fremder Dörfer den Schiffbau inzwischen bemerkt hatten und den dreisten Holzdiebstahl öffentlich anprangerten.

Und dann war da noch das Problem mit den Segeln. Der Verein der Landfrauen wollte sie nähen, aber zwanzig mal dreißig Meter große Tücher bekamen sie nicht in die Nähmaschinen, und Geld für diese Unmengen an Stoff hatten sie auch nicht. Helmut sträubte sich, wegen einer solchen Lappalie seine Männer loszuschicken – vor allem, weil er nach den letzten Verlusten, um überhaupt Interessenten für diese Stellen zu finden, die Bezüge verdoppeln musste.

Aber sie brauchten nun einmal Segel, und so standen wenig später vier Mann mit automatischen Waffen in Inges Nähshop und verlangten alles, was sie an Stoff dahatte. Die Männer mussten sich selbst bedienen; die schockierte Ladenbesitzerin stand nur reglos hinter der geöffneten Registrierkasse und starrte mit schreckgeweiteten Augen auf die Pistolen.

Kaum waren die Beamten aus der Tür, nahm sie zögernd den Telefonhörer und wählte, immer noch die Tür im Blick haltend, die 1 ... 1 ... Sie hatte schon den Zeigefinger auf der Null, als die Bewaffneten unvermutet zurückkamen.

„Schnüre, wir brauchen Seile! Wo sind die?"

Resigniert ließ die ältere Dame den Hörer zurück auf die Gabel rutschen. „Baumarkt, Stadt", erklärte sie tonlos, und ein Chor von Männerstimmen ertönte: „Danke!"

Die Besitzerin nahm den Telefonhörer nicht mehr in die Hand, als ihre ungebetenen Besucher gegangen waren. Sie schloss abends den Laden eine halbe Stunde früher, ging zur Bank, hob ihr gesamtes Vermögen ab und suchte ein Reisebüro auf. Noch am selben Tag packte sie ihre Koffer und floh auf den Fünften Kontinent. Sie kam nie wieder aus dem Land der Kängurus zurück.

Die vier Krieger des Bürgermeisters zogen indes weiter. Bei Hornbach waren die Seile nicht dick genug, im Bauhaus zu kurz. Sie wollten schon zum dritten Baumarkt, als eine Kassiererin ihnen hinterherrief: „Geht doch gleich zum Hersteller!"

Die junge Dame war nicht nur hübsch, sie war auch noch schlau. So kam es, dass vier schwerbewaffnete Männer auf dem Bauhausparkplatz standen und mit ihren Smartphones nach Seilherstellern googelten. Sie bemerkten nicht, dass sie hierbei von gut einem halben Dutzend Schaulustiger gefilmt wurden, von denen drei ihre Videos auf Internetplattformen hochluden. Bald hatte das Tape mit dem Maschinengewehr-Entenmarsch schon 3 Millionen Klicks.

Sie fanden bei ihrer Handyrecherche sogar einen Hersteller, der Seile für die Seefahrt produzierte, und zu ihrem Glück war er in Norddeutschland. So waren die Vier schon längst auf der A4 in Richtung Norden, als der BND die Innenstadt auf der Suche nach Inlandsterroristen stürmte.

Kapitel 17

In den folgenden Tagen kamen die Bewohner unter der fachkundigen Anleitung von Schreiner und dessen Tochter gut voran. Der Bürgermeister freute sich nach den coolen Internetvideos über regen Zulauf zu seiner kleinen Garde und hatte inzwischen schon einen Uniformhersteller dazu überredet, ihm die neuen Modelle kostenlos zu nähen. Dabei steht zu vermuten, dass die Form der Überredung (zehn bewaffnete Halbaffen, die das Büro des Chefs stürmten, die Inneneinrichtung zertrümmerten und damit drohten, seine Kinder und Enkel zu ermorden, wenn er nicht kooperierte) dazu führte, dass ein paar Hosenschlitze fälschlich zugenäht wurden. Auch, dass die Hosen für Männer im Schritt deutlich zu eng waren, mochte einem geheimen Groll gegen die Auftraggeber entsprungen sein. Aber egal ob nun Zufall oder Pfusch, heute ist es eben schwer, gute Mitarbeiter zu finden.

Die vier Männer, die sich mit dem Sattelzug auf den langen Weg gen Norden gemacht hatten, waren mit voller Ladefläche zurückgekehrt und hatten inzwischen Heldenstatus erreicht. In einer pompösen Zeremonie verlieh ihnen Bürgermeister Helmut einen versilberten Blechstern, den sie sich an die Schulterklappen nähen durften.

Helmut erwartete viele derartige Großtaten, und so bestellte er bei einem Lieferanten für Chinaimporte gleich zehntausend Stück zum Preis von 9,95 Euro. Man könnte somit behaupten, dass diese fernöstlichen Sterne das einzig Wertvolle an dieser Uniform waren – oder war es doch die Überzeugung, mit der sie getragen wurden?

An diesem bedeutsamen Tag änderte sich auch für mich einiges. Ich saß gerade mit Jens und Rainer in unserer Ferienwohnung in Frankreich beim Frühstück, als es überraschend klingelte. Es war unchristlich früh, gerade mal zwei Uhr nachmittags. Wir hatten am Vorabend gut gefeiert und es war recht spät, man könnte auch sagen, früh, geworden. Stimmung und Kopfschmerzen waren dementsprechend, als die Türklingel unnatürlich laut lärmte. Mit dröhnendem Schädel erhob ich mich und torkelte unter reichlich Restalkohol zu Tür. Ohne zu öffnen, rief ich „Wer ist da?" und fügte etwas leiser hinzu: „Mal auf die Uhr gesehen?"

Die Antwort ließ nicht lange auf sich warten. Diese Stimme, diese alles ausfüllende, tiefe Stimme werde ich nie vergessen.

„Ich trage keine Uhr, und die Zeit interessiert mich nicht."

„Wer sind Sie und was wollen Sie?", fragte ich irritiert. „Wenn es um ein Zeitungsabo geht, vergessen Sie´s! Wir können kein Französisch!"

Der Unbekannte ging auf meine Fragen nicht ein.

„Habt ihr was zu essen? Ich habe Hunger! Ich könnte eine ganze Kuh essen."

Hätte ich geahnt, dass der Besucher es ernst meinte mit der Kuh, hätte ich mir Sorgen gemacht. Jens meldet sich inzwischen vom Frühstückstisch: „Lass den Arsch doch rein, sonst gibt er nie Ruhe!"

„Das habe ich gehört", schallte es von vor der Tür.

Ich dachte mir: Sollen die zwei das doch selbst klären. Und überhaupt: Je länger ich hier rumstehe, umso kälter wird mein Kaffee. Ich drückte also die Klinke runter, ohne nachzusehen, wer da vor dem Eingang stand, schlurfte zurück zu meinem Stuhl, nahm die Tasse und trank. Dann stellte ich die Tasse ab und sah zu meinen zwei Kumpels, die mit offenen Mündern zur Tür starrten. Ich folge ihrem Blick und sah ... ein Krokodil. Ein großes, ein sehr großes Krokodil.

Ich schloss kurz die Augen, öffnete sie wieder, aber es war immer noch da. Jetzt hat mich der Alkohol doch besiegt, dachte ich, aber so schnell gebe ich nicht auf! Ich machte die Augen wieder zu, drückte die Lider fest zusammen und öffnete sie erst wieder nach einiger Zeit. Aber das Vieh stand immer noch da, und fast sah es jetzt etwas gelangweilt aus. Ich nahm die Blumenvase und kippte mir das Wasser ins Gesicht: Es half nicht. Da ertönte abermals die tiefe Stimme des Besuchers: „Könntest du vielleicht aufhören mit dem Scheiß? Ich habe nicht den ganzen Tag Zeit, und ich habe Hunger."

„Ich trinke nie mehr Alkohol", schwor ich.

„Deine Alkoholprobleme gehen mir am Arsch vorbei", antwortete das Reptil gereizt.

Rainer, der bislang geschwiegen hatte, sagte: „Das ist ein Krokodil."

„Und das ist die geistig höchstentwickelte Lebensform auf dem Planeten, traurig, echt traurig", maulte der Alligator.

„Ja, ja", beschwichtigte ich, „aber wir reden hier von Rainer! Da ist es von wegen geistig und Intelligenz nicht so weit her, musst du wissen."

„Ah, verstehe", meinte das Krokodil mäßig interessiert, „dann kann ich ihn also fressen?"

„Nein!", sagte ich zu dem Krokodil, das schon sein Maul geöffnet hatte, „nein, das kannst du nicht. Fress lieber Franzosen, davon gibt's hier mehr von."

„Ja, das leuchtet ein. Bin gleich wieder da, ich hab so einen Hunger", versprach das Reptil und verließ uns.

Kaum war es zur Tür raus, sprang Rainer auf und schlug die Tür mit einem lauten Knall zu. Dann schob er eine Kommode davor.

„Vergiss nicht die Glastür zur Veranda, geistig nicht gerade hochentwickelte menschliche Lebensform!"

Einen Moment lang sah ich Panik in Rainers Gesicht, als er zu der Glastür hinübersah. Dann ertönte ein ohrenbetäubendes Lachen, das sich entfernte.

„Keine Angst, er wird dich nicht fressen. Er hat nur einen Scherz gemacht", versuchte ich meinen Freund zu beruhigen. „Bestien, die rumlaufen und Menschen fressen, gibt's nur in billigen amerikanischen B-Horrorfilmen."

Wenig später kam der Alligator zurück mit einem Franzosen zwischen den Zähnen. Er benutzte die geschlossene Glastür, um hereinzukommen. Er nahm erstmal genüsslich seinen Imbiss, dann fragte er: „Du willst bestimmt wissen, warum ich zu dir komme?"

„Na ja, viel mehr würde mich eigentlich interessieren, warum du sprechen kannst."

Fassungslos starrte das Reptil mich an. Dann änderte sich seine Miene. Über sein Gesicht huschte etwas, das man mit Verstehen bezeichnen konnte, und er sprach mit einer Stimme, die man von Vätern kennt, die mit begriffsstutzigen Kindern reden: „Wir können alle reden. Alle Tieren können das." Er schüttelte den Kopf. „Gut, fast alle. Hunde sind wirklich zu dumm dafür. Aber alle anderen können es. Aber warum *sollten* wir mit euch reden?"

„Du willst mir doch nicht erzählen, dass jedes Tier reden kann?"

Das Krokodil drehte sich zu der zerbrochenen Tür und brüllte: „Vogel! Komm rein!"

Im Garten flatterte ein Vogel von einem Busch auf und flog durch die Öffnung in unsere Stube. Das Krokodil wartete, bis sich der Piepmatz auf der Sofalehne niedergelassen hatte, dann sagte es: „Sag was zu den Menschen!"

„Was soll ich denen sagen?", antwortete der Vogel mit einer hohen Piepsstimme. Es war ein schöner Vogel, blaue Flügel, gelber Bauch.

„Sag ihnen, was du ihnen schon immer mal sagen wolltest!", befahl der Alligator.

Der Vogel überlegte, dann wandte er sich uns zu: „Wenn meine Scheiße euch trifft, ist das kein Zufall oder Pech, dann habe ich gut gezielt."

„Mistvieh!", entwich es Jens, der sich noch gut an die Ente erinnerte, die ihn angekackt hatte, als er auf dem Weg zu einem Vorstellungsgespräch gewesen war.

Das Krokodil sah sich den Vogel an: „Wie heißt du?"

„Conan."

„Wie der aus dem Film?", fragte das Krokodil, und als der Vogel nickte, fügte er hinzu: „Leuchtet ein."

„Und du, wie heißt du?", fragte Conan.

„Rudolph", antwortete der Alligator schüchtern.

Es hatte einen besonderen Charme, ein errötendes Krokodil zu sehen. Mir lagen Sprüche zu Rudolph, the red nose Krokodil auf der Zunge, schluckte sie aber nach einem vernichtenden Blick des Reptils runter.

Passierte das alles hier eigentlich, weil ich zu viel gesoffen hatte oder war es der Entzug? Ich entschied mich für zweites, stand auf, nahm die Flasche Asbach aus dem Kühlschrank und trank sie halb leer. Dann drehte ich mich um, und es war alles wieder wie am Vortag. Nur leider war da immer noch ein Krokodil auf dem Teppich und ein Vogel auf der Couch. Ich fügte mich in mein Schicksal.

„Also, wenn du schon da bist, sag, was du willst. Morgen wach ich eh auf und lach mich tot über diesen schrägen Traum."

„Erstens, du bist wach", erklärte das Reptil, „und zweitens: Du musst zurück nach Neuhausen! Wenn die Arche in See sticht, musst du an Bord sein. Das Überleben eurer gesamten Spezies hängt davon ab. Okay, das wäre vernachlässigbar, aber es ist schlimmer: Das Überleben aller auf diesem Planeten hängt davon ab, dass du dabei bist."

„Bist du doof? Was soll das bringen, wenn noch ein Mensch mehr in der Geschichte rumpfuscht?", maulte der Vogel dazwischen.

„Ich bin ja auch dabei und passe auf", versucht das Krokodil die Wogen zu glätten.

„Na toll. Dann komm ich auch mit", erklärte der Vogel.

„Und wer fragt mich? Ich will nicht mit diesen Idioten auf ein Schiff!", meldete ich mich zu Wort.

„Noch ein Wort und ich fresse dich, ist das klar? Du tust, was ich sage!", erklärte das Krokodil.

„Ja klar, denn unser aller Überleben hängt von mir ab, würde sagen: Guten Appetit!"

„Jetzt hat er dich aber schön überlistet!", lachte Conan.

„Aufpassen, Flattervieh, dich könnten wir entbehren!"

„Aber was soll ich in Neuhausen? Ich will keine Arche bauen! Ich kann weder Neuhausener noch Althausener leiden, und der Bürgermeister ist ein Vollarsch. Und wenn das nicht schon genug Gründe sind: Mich können die auch nicht leiden! Also, selbst wenn ich auf die Arche wollte, wäre es sehr fraglich, ob sie mich rauflassen würden."

„Lass das nur mein Problem sein", sagte der Alligator bestimmt.

„Ja, und alleine hab ich auch keine Lust, da mitzufahren. Die zwei", ich deutete auf Jens und Rainer, „die müssen auch mit."

Das Krokodil verdrehte die Augen. „Sonst noch was?"

„Ja", meinte ich, „darf ich dich Schnappi nennen?"

„Wenn du willst, dass alles Leben auf diesem Planeten stirbt, dann mach nur so weiter!", drohte das Reptil und sagte dann in fast schon sachlichem Ton: „Ihr fahrt zurück nach Neuhausen. Haltet euch am besten aus allem raus. Seid nur vor Ort. Wenn es so weit ist, komme ich und hole euch ab."

Damit ging es zur Tür, drehte sich noch mal um und fragte: „Habt ihr in der Nähe vielleicht eine Kuh gesehen? Diese Franzosen sind nur was für den hohlen Zahn!"

Wir schütteln alle drei die Köpfe, aber der Vogel landete elegant auf dem Rücken des Alligators und zwitscherte: „Ich weiß, wo Rinder sind! Ich zeig es dir!"

Und so verließ das ungleiche Paar unsere Ferienwohnung, und ich ging zurück ins Schlafzimmer, um meinen Rausch ausschlafen.

Kapitel 18

Die anfängliche Euphorie war schnell dem Alltag gewichen, und so kamen immer weniger Mitstreiter zur Baustelle. Der Bürgermeister war inzwischen so weit dem Wahn verfallen, dass er seine Truppen losschickte, um nicht Arbeitswillige gewaltsam zurück zur Arbeit zu zwingen. Keiner traute mehr dem anderen; es herrschten Verrat und Missgunst. Genau zu dieser Zeit kamen ich und meine Freunde aus Frankreich zurück.

Wir waren zwar übereingekommen, dass wir das alles nur geträumt hatten, nur war da diese zerbrochene Tür, und dann der Vogel am dritten Tag und verkündete, dass Rudolph erwartete, dass wir endlich zurück nach Neuhausen kämen. So packten wir unsere Koffer und fuhren los.

Zu Hause angekommen, erwartete uns eine Überraschung: Auf dem Wohnzimmertisch lagen Waffen, für jeden eine. Ich bekam ein Schwert, Jens einen Bogen und Rainer eine Axt. Eine Nachricht, eilig auf einen Zettel gekritzelt, lag daneben:

> *Lernt den Umgang mit diesen Waffen, euer, nein unser aller Leben hängt davon ab.*
>
> *Gezeichnet: Rudolph*

Das war typisch für das Vieh. Wenn Waffen wichtig waren, warum gab er uns dann keine richtigen? Ich vermutete, dass er Tolkin-Fan war. Dieser Verdacht verdichtete sich, als eine Woche später unsere Kleidung kam.

Aber erstmals übten wir. Jens kam von uns allen am besten mit seiner Waffe klar, er war ein Meister am Bogen. Ich war mit dem Schwert recht passabel. Rainer war viel zu klein für die Axt, sie war zu schwer und zu lang, ständig schleifte sie am Boden. Am Ende sägten wir das Ding einfach ab. Dazu blieb der Vogel als ständiger Begleiter bei ihm, weil, so erklärte der Piepmatz: Vier Augen sehen mehr als zwei! Conan konnte leicht reden. Kam es zum Kampf, dann konnte er immer noch wegfliegen.

Wie schon erwähnt, kam nach einer Woche unsere Kleidung. Der Alligator hatte offenbar wirklich etwas zu oft „Der Herr der Ringe" gelesen: Lederhosen, Kettenhemden, Helme. Leider war es mit dem Schätzen von Kleidergrößen bei ihm nicht so weit her. Nur Jens passte in seine Klamotten. Er hatte nur das Pech, dass er keine Lederhose und Kettenhemd bekam, vielmehr bestand seine Ausrüstung aus einer Art Strumpfhose und einem grünen Strickpullover. Bei mir spannte die Lederhose gewaltig, und zwei Tag später sollte der Hosenboden explodieren, als ich mich beugte, um mein Schwert aufzuheben, das mit in einem Trainingskampf mit dem Krokodil aus der schweißnassen Hand geglitten war.

Noch schlimmer war es mit dem Kettenhemd, das hatte er wohl in der Kinderabteilung bestellt. Ich konnte ziehen und den Bauch einziehen, wie ich wollte – es rutschte einfach nicht über meine Schultern. So kämpfte ich am Ende mit freiem Oberkörper. Ich fand, mit meinen Modelmassen (130 kg bei 1 Meter 75) konnte ich mir das erlauben. Trotzdem musste ich mir ständig unqualifizierte Bemerkungen von diesem Vogel anhören: „Hat deine Spezies Haare nicht normalerweise auf dem Kopf statt auf dem Rücken?" oder: „Darf ich mich Howard Hughes nennen, wenn ich dich umfliege?"

Letzteres war natürlich Blödsinn, weil dieses Mistvieh gar keine 91 Stunden brauchte, um mich zu umkreisen.[1] Schlimmer als mich traf es Rainer: Der Helm zu groß und das Kettenhemd zu lang, sodass es auf den Boden hing. Er sah in dieser Aufmachung noch lächerlicher aus als Gimli, der Zwerg aus Mittelerde.

---

[1] Howard Hughes brauchte mit seiner Lockheed 14 Super Electra 1938 für seinen Flug um die Erde 91 Stunden.

Ungefähr zu dieser Zeit brachte Rudolph eines Nachmittags Marion mit. Sie hatte lange schwarze Haare, war schlank und für eine Frau sehr muskulös. Bei ihren Kleidern hatte sich der Alligator mehr Mühe gegeben: Sie trug einen kurzen Lederrock, ein hautenges, hellbraunes Top und war nur mit einem Messer bewaffnet, das einen kunstvoll geschnitzten Griff aus Elfenbein hatte. Abschätzig sah sie uns an und fragte das Krokodil: „Was soll ich hier? Ein Typ in Strumpfhosen, ein Zwerg und ein Fettsack ohne Oberteil. Sollen wir so etwa die Welt retten? Willst du mich verarschen?"

„Der Fette ist allwissend", antwortete das Krokodil, um sich gleich darauf zu verbessern: „Fast allwissend. Einen besseren konnte ich in der Kürze der Zeit nicht finden."

Sie trat vor mich und besah mich von oben bis unten.

„Fast allwissend also. Gut, sehe ich ein." Dann sah sie zu meinen Freunden. „Und was sollen die zwei anderen Komiker?"

Das Krokodil deutete auf Jens. „Der mit den Strumpfhosen ist ein guter Bogenschütze, doch. Der Kurze, hm, das ist schwer. Keine Ahnung, warum er mitkommt. Der Vogel mag ihn."

„Aha", antwortete sie skeptisch.

„Und warum sollen wir die Zicke mitnehmen?", fragte ich.

„Weil sie besser kämpfen kann als ihr alle drei zusammen. Weil sie Spuren lesen kann, und weil sie gelenkiger ist als jeder von euch drei Sportassen", erklärte das Reptil.

„Okay", sagte ich, „ich dachte, sie wäre nur dabei, weil sie sexy aussieht."

Ich sah den Schlag nicht, hörte ihn nicht und verdammt, ich ahnte nicht einmal, dass er kommen würde. Zwei Sekunden später lag ich auf dem Boden und mein Kopf dröhnte. Aus der Ferne hörte ich eine Stimme.

„Fast allwissend also. Das hätte er also wissen können!"

Ich schloss erstmal die Augen und erwartete, dass mich jemand ins Bett trug.

Als ich wieder aufwachte, schmerzten mir alle Knochen, und ich lag genauso da, wie ich eingeschlafen war. Das Krokodil erklärte gerade, dass jeder noch einen tierischen Partner habe, seinen eigenen Fähigkeiten entsprechend: Jens bekam eine Schlange, die Susan hieß, was ich für praktisch hielt, weil Susan zufällig der Name meine Ex war und die war eine Schlange. Marion bekam als Begleiter ein Eichhörnchen, das auf den Namen Odin hörte (ich vermutete, dass es einen gigantischen Minderwertigkeitskomplex hatte), Rainer hatte ja schon seinen Vogel, und bei mir blieb das Krokodil.

Kapitel 19

Ich diskutierte lange mit Rudolph. Ich konnte mich einfach nicht damit abfinden, dass wir in lächerlichen Roben und mit Mittelalterwaffen in den Krieg ziehen sollten. Da musste es doch etwas Besseres geben. Schusswaffen wenigstens, die sollten für unser Vorhaben doch drin sein. Das Krokodil gab zu bedenken, dass derlei Waffen ihm nichts anhaben konnten, er aber auch kein Maßstab sei, weil er dort, wo wir hingehen würden, kein Gegner sein würde. Ich nahm das zur Kenntnis, aber eine vollautomatische Pistole würde mir, da war ich sicher, ein besseres Gefühl geben.

Am selben Abend standen wir in Speyer in einem lichten Kiefernwald vor einem Maschendrahttor. Dahinter sahen wir zwei nicht natürlich entstandene Hügel.

„Waffenbunker", erklärte Rudolph, „amerikanische Waffenbunker. Da finden wir todsicher, was ihr braucht."

Conan stieg auf. „Ich schau mal, wie es da drin aussieht", erklärte der Vogel und flatterte los.

Kurz darauf erhob sich ein ohrenbetäubender Lärm.

„Die haben keine ruhigen Nachtschichten, wenn der Alarm schon wegen einem Vogel losgeht", mutmaßte ich. Atemlos kam Conan zurück.

„Schnell weg hier, da bunkern sie Atomwaffen!"

Kurz darauf kam ein Dutzend Soldaten herausgerannt. Suchscheinwerfer schwenkten über uns, und die Uniformierten zielten mit Gewehrläufen in die Umgebung.

„Wir sollten woanders hingehen, hier ist mir zu viel los", meinte ich.

„Ach was", mischte Rudolph sich ein, „ich hab eh gerade Hunger." Dann trat er ins Licht der Suchscheinwerfer und befahl mit lauter Stimme: „Aufmachen!"

„Wer ist da?", brüllte ein Soldaten auf Englisch.

„Rudolph!", antwortete das Krokodil.
„Was wollen Sie?", brüllte der Soldat zurück.
„Waffen klauen, was sonst?", erklärte unser Anführer.
Schallendes Gelächter drang von der gegenüberliegenden Seite des Zauns zu uns.
Dann lief Rudolph einfach los. Er achtete nicht darauf, dass das Tor verschlossen war. Gegenwehr war von dem dürren Drahtgestell ohnehin nicht zu erwarten; krachend gab es seinem Gewicht nach. Maschinengewehrsalven prasselten auf Rudolph nieder, der unverwundbar auf die Soldaten zuging.
„Muss das sein? Das kitzelt so", maulte Rudolph belustigt.
Der erste der Soldaten stellte erschreckt fest: „Das Krokodil kann ja reden!"
Rudolph sah die Soldaten fassungslos an. „Vor euch steht ein Zwölf-Meter-Krokodil und das einzige, was euch dazu einfällt, ist, das kann ja reden? Mann, euer kleinstes Problem sind meine verbalen Fähigkeiten!"
Dann sprang er vor und verschlang zwei Soldaten mit einem Biss.

Wenig später war unser Alligator satt und wir luden mit einem Gabelstapler palettenweise Waffen in unseren Kleinlaster. Wir wussten nicht wie, aber Rudolph versprach, alles auf das Schiff zu bringen. Helmut musste derweil erkennen: Einfach war der Weg zum eigenen Schiff nicht.

Vier Wochen vor der Deadline war es dann soweit: Die Fünfmastbark hatte Stapellauf. Zumindest so eine Art, denn Wasser gab es auf dem Acker natürlich weit und breit nicht. Gustav, der Dorfschreiner, und Melanie hatten ganze Arbeit geleistet, wenn man bedenkt, dass sie nur Pläne aus dem Internet gehabt und nie zuvor etwas Ähnliches gebaut hatten.
Ungewöhnlich waren die drei Steuerräder, die Gustav so angebracht hatte, dass auf dem linken Steuerstand das Steuerrad für

Neuhausen, rechts das für Althausen und in der Mitte das für den Bürgermeister stand.

Gleich nach Baubeginn kamen nacheinander Vertreter aller drei Gruppen und verlangten, dass das eigene Steuerrad das sein sollte, das lenkte und dass die beiden anderen nur Attrappen sein sollten.

Das änderte sich, als am dritten Tag des Baus eine neue Macht auf der Bildfläche auftauchte: Ein Krokodil namens Rudolph kam und erklärte, das einzig funktionierende Lenkrad hätte in seiner Kabine zu sein, wo es mit vier Kameraden zu leben beabsichtigte. Dazu gab es genaue Anweisungen, wie die Innenausstattung auszusehen habe. Rudolph hatte ein Maul, mit dem er Gustav und Melanie auf einmal hätte verschlingen können, und so hatte er auch bald ein Steuerrad, das funktionierte.

Ähnlich verhielt es sich mit der Zahl der Besatzung. Platz gab es für mindestens fünfhundert Passagiere, aber die Angst vor dem Weltuntergang war noch nicht so akut, dass sich die Leute darum prügelten, aufs Schiff zu gelangen. Einige Positionen waren überhaupt nicht zu besetzen. Es wollte sich kein Arzt bereiterklären, mit in See zu stechen. Auch ein Koch war schwer zu finden, nicht bei der miesen Bezahlung. Auch Gustav verspürte wenig Lust, als Zimmermann an Bord zu bleiben.

Am 4. Dezember dann war es so weit: In einer großen Feier wurde das Schiff getauft. Lange war nicht klar, wie es heißen sollte. Vertreter von Neu- und Althausen waren kurz davor, sich zu prügeln. Der Bürgermeister forderte gar, dass man es nach ihm benennen sollte: Helmut.

Am Ende einigte man sich auf Titanic – das Schiff, das unsinkbar sein sollte. Gut, hundert Jahre zuvor war die Nummer mit unsinkbar schon mal schiefgegangen, und wie nah sie mit ihrer Barke am Untergang waren, ahnten sie nicht einmal.

Die Schiffstaufe war, was Prunk und Größenwahn anging, kaum zu übertreffen. Die Bürgermeisterleibgarde war inzwischen auf fünfzig

Mann angewachsen, und extra für die Feierlichkeiten hatte Helmut in China Paradeuniformen gekauft, sodass sie ihm bei seiner großen Rede Spalier stehen konnten. Leider waren vier von ihnen auf der Speisekarte von Rudolph gelandet und kamen deshalb nie auf der Feier an. Helmut ließ sie wegen Landesverrat zur Fahndung ausschreiben und schwor, sie exekutieren zu lassen, wenn er sie in die Finger bekämen.

Zur Taufe kam jeder, egal ob am Bau beteiligt oder an der Reise interessiert. Besonders bevorzugt wurde Sabine behandelt. Sie war gewiss keine Schönheit: kurze ergrauende, vormals schwarze Haare, schlank, fast mager und eine altmodische Hornbrille. Trotzdem bekam sie an diesem Abend einen Drink nach dem anderen spendiert.

Am nächsten Tag wachte sie auf in einer primitiven Arztpraxis. Es gab keine Fenster; die Wände schienen aus Holz zu sein. Verzweifelt hämmerte sie an die Tür, aber keiner öffnete. Ähnlich erging es Melanie. Zwar bekam das hübsche Mädel, das eine Ausbildung zur Schreinerin machte, öfter einen Drink ausgegeben, aber so wie an diesem Abend kannte sie das auch nicht. Immerhin wusste sie, wo sie aufwachte, weil sie den Kerker selbst ins Heck des Schiffes gebaut hatte.

Auch Ernst wurde an diesen Abend erst betrunken gemacht und dann auf dem Schiff eingesperrt. Er konnte Karten lesen und war fünf Jahre bei der Marine gewesen: Er war der Fachmann, den sie brauchten. Ferner wurden ein Schneider, ein Bäcker und zwei Maurer gekidnappt. Letztere brauchte man zwar nicht auf der Fahrt, aber wenn man erstmal eine neue Heimat hätte, bräuchte man genug Maurer, Schlosser, Elektriker und Jäger.

In den folgenden Tagen wurden Listen erstellt, wer wen mit auf das Schiff nahm. Die Armee des Bürgermeisters plünderte Supermärkte, Getränke- und Elektromärkte. Dabei blieb ihnen leider verborgen, dass sie weder auf ihrer Barke noch nach dem Weltuntergang Strom haben würden.

Wir vier trainierten jeden Tag Kondition, Reaktion und Kampfkunst. Drei von uns machten gute Vorschritte. Nur Rainer und seine Axt wollten nie wirklich eine Einheit werden. Am Heiligabend dann war es endlich soweit: In einem fast einstündigen Fight schlug ich Rudolph, das Krokodil.

Kapitel 20

31.12. 2013. Weltuntergang. Fünfhundert Passagiere, die meisten freiwillig, saßen voller Furcht auf ihrer Titanic-Arche und harrten der Dinge, die da kommen mochten. Als wir mit Champagner in meinem Wohnzimmer saßen und den nahenden Jahreswechsel mit „Dinner for one" und der großen Liveübertragung vom Brandenburger Tor genossen, saßen die fünfhundert an Deck und schauten angstvoll zum Himmel.

Helmut hatte am Heck, für alle sichtbar, eine Uhr angebracht, die den Countdown zum Weltuntergang anzeigte, und diese tickte erbarmungslos. Als nur noch neunundfünfzig Minuten Zeit blieben, musste Helmut noch schnell zwei Paare trauen, die zusammen in den Weltuntergang gehen wollten. Es gab insgesamt vier Gruppen: Eine besoff sich hemmungslos, die anderen weinten auf ihren Kabinen, die dritte saß auf Deck und sah panisch auf den Countdown, und die vierte nutzte die Chance und feierte unter Deck eine wilde, nie dagewesene Sexorgie.

Dann endlich war es so weit. Drei Gruppen bekamen den großen Moment nicht mit, weil sie entweder heulten, sturzbesoffen waren oder vögelten, aber die vierte Gruppe sah auf die Uhr: 10 Sekunden, 9 ... 8 ... 7 ...

Helmut übergab sich vor Angst und Aufregung.

6 ... 5 ...

Helmuts Frau drückte ihrem Mann einen Lappen in die Hand.

4 ... 3 ... Helmut dachte sich: Was soll ich damit? In zwei Sekunden ist doch eh alles vorbei!

1 ... 0 ...

In diesem Moment geschah – nichts. Die Uhr zeigte Plus an und lief einfach weiter: + 1 ... , + 2 ...

Helmut rief einen einer Garde zu sich und überreichte ihm den Putzlumpen: „Schau, wie es hier aussieht, aufwischen!", brüllte er den jungen Uniformierten an.

In den folgenden Tagen waren wir damit beschäftigt, brauchbare Lebensmittel einzukaufen und sie für den Transport zu verpacken. Unser Training wurde härter, und wir lernten zusammen mit unseren tierischen Begleitern zu kämpfen. Zugegebenerweise hatte ich mit einem riesigen Krokodil an meiner Seite die besten Karten, aber auch Jens und die Schlange waren ein gutes Gespann. Rainers Axt und der Vogel wollten zwar immer noch nicht richtig harmonieren, aber in den Wochen nach dem Weltuntergang schafften sie es zumindest, die Übungskämpfe etwas ausgeglichener zu gestalten. Marion hielt es nicht für nötig, zu trainieren. Ihr Eichhörnchen war da und lachte dumm. Wir waren uns jetzt sicher: Wir waren bereit. Egal, was auf uns zukommen würde.

Kapitel 21

Das Schicksal ereilte uns Anfang Mai: Es regnete Bindfäden. Der Winter kam 2013 erst im Januar und wollte nicht mehr gehen. Die Folge war, dass wir noch bis in den April hinein Schnee hatten. Als es dann endlich wärmer wurde und zu tauen begann, fing es an zu regnen. Bald kam es zu ersten Hochwassermeldungen bei den üblichen Flüssen: Mosel, Rhein im Westen und Inn, Iller, Isar, Lech von den Alpen kommend, dann Donau und Elbe. Nach und nach hatte jeder Fluss in Deutschland, in Europa Hochwasser. Dann brach in den großen Städten an den Flüssen erst die Stromversorgung und später die Trinkwasserversorgung zusammen.

Das alles war für Neuhausen und Althausen nichts Besorgniserregendes. Die Orte lagen weit entfernt von jedem Fluss, aber durch die ständigen Regenfälle stieg schließlich das Grundwasser bedenklich an, und in tieferliegenden Flächen sammelte sich das Wasser.

Am Abend zum 5. Mai kam es in Dresden und Passau zu ersten Plünderungen. Weite Landstriche waren metertief überflutet. Das Militär gab es auf, Dämme zu schützen und ging mit Waffengewalt gegen Plünderer vor.

An diesem Abend sagte das Krokodil die entscheidenden Worte: „Wir müssen los. Packt alles zusammen."

Am Schiff wurden wir nicht freundlich aufgenommen, stattdessen stellten sich uns zwei Bewaffnete von Helmuts Armee in den Weg und verkündeten dummdreist: „Das Boot ist voll."

Den Satz kannte ich schon von einer Ein-Prozent-Partei, die in den Neunzigern des vorigen Jahrtausends mit dem Spruch genervt und damit auch keinen Erfolg gehabt hatte. Rudolph schluckte gleich beide runter ohne zu kauen und spuckte die Gewehre aus. Nach einem lauten

Rülpse, der das Schiff erzittern ließ, verkündete er: „Gut, zwei Plätze sind frei! Gibt es noch jemand, der bezweifelt, dass es genug Platz auf dem Schiff gibt?"

Helmut war an Deck gekommen und sagte aus sicherer Entfernung: „An Bord kommt nur, wer für dieses Schiff von Nutzen ist. Was ist euer nutzen?"

Das Krokodil sah Helmut mit wildem Hass in den Augen. „Ich könnte jeden auf diesem Schiff töten! Wer glaubst du zu sein, um sich mir in den Weg zu stellen? Du willst wissen, welchen Grund es gibt, uns mitzunehmen? Er!" Er deutete auf mich. „Er ist allwissend."

Ich weiß, nicht ob Helmut Rudolph glaubte oder nur Angst hatte, gefressen zu werden, doch fünf Minuten später waren wir mit all unseren Vorräten an Bord in einem Raum, den keiner kannte. Er war geschickt in einem Zwischendeck verborgen und erstreckte sich über die gesamte Länge und Breite des Schiffes. Am Heck hatten wir sogar große Panoramafenster, auch an den Seiten, und vorn waren runde Fenster die sich nicht öffnen ließen. In dem Raum stand neben Schränken, Tischen und Betten auch ein Steuerrad.

„Wir müssen Wände aufstellen, damit jeder seinen eigenen Raum hat", erklärte Rudolph. „Dieses geheime Etage einzubauen war kein Problem, aber wenn der Schreiner hier noch mehr Zeit verbracht hätte, um den Innenraum auszubauen, wäre sogar ihm was aufgefallen."

„Super", maulte ich, „sehe ich etwa aus wie ein Schreiner?"

„Sehe ich etwa aus wie ein Idiot?", konterte Rudolph. „Der Schreiner hat das hier nur unter der Bedingung erschaffen, dass wir seine Tochter mitnehmen, wenn es losgeht."

„Und wie sollen wir das machen?", fragte ich.

„Mach dir keinen Kopf, ist alles schon in die Wege geleitet, Telepathie ist was Tolles", antwortete das Krokodil grinsend.

In diesem Moment drangen Geschrei und Gewehrfeuer an unser Ohr. Schnell rannten wir zum Panoramafenster am Heck.

Es war gewaltig: Tausende Tiere, ein paar von jeder Rasse, liefen auf die Arche zu. Doch sobald sie in die Reichweite der Waffen kamen, wurden sie von Helmuts Männer erschossen.

„Das gibt Ärger", sagte Rudolph leichthin und grinste. Damit wandte er sich vom Fenster ab.

„Müssen wir den Tieren nicht helfen?", fragte ich.

„Nicht unser Problem. Dafür kriegt jemand anders den Arsch aufgerissen", erklärte das Krokodil.

Nur Minuten, nachdem wir an Bord waren, schwamm das Schiff. Erst nur auf der Stelle, wo es gestanden hatte, am Grund eines flachen Gewässers, doch dann ruckelte und krachte es, und schließlich löste sich die Titanic vom Grund und schwamm.

Kapitel 22

Nachdem wir unseren Raum betreten hatten, klopfte es, und das Eichhörnchen schaute unter der Tür hindurch und verkündete: „Bürgermeister! Mit vier von seinen Affen!"
Rudolph deutete auf das Steuerrad. „Abdecken, das braucht er nicht sehen!"
Ich warf schnell eine Decke darüber. Dann öffnete Rainer. Staatsmännisch trat Helmut ein, flankiert von seinen Lakaien.
„Von diesem Raum wusste ich ja gar nichts."
„Man kann sich als Bürgermeister ja nicht um alles kümmern", stimmte Rudolph ihm zu. Wenn ein Krokodil schelmisch grinsen kann, sieht das wohl genauso aus wie das Gesicht des Reptils in diesem Moment.
„Ach so, klar. Ja, man hat als Kapitän auf einem solchen Schiff so viele Verpflichtungen ..."
„Sehen Sie", antwortete Rudolph honigsüß, „und deshalb haben wir Sie mit dem Bau dieses Raums nicht behelligt."
Der Bürgermeister, dem es sichtlich nicht wohl war in seiner Haut, kam zum eigentlichen Grund seines Besuchs. „Nun, Sie sind natürlich alle willkommen auf meinem Schiff. Aber ich muss Ihnen leider sagen, dass Menschenfresser auf dieser Barke verboten sind." Helmut schwitzte vor Angst, als er sprach.
Rudolph hüstelte: „Oh, das tut mir leid, das wusste ich nicht. Kommt nicht mehr vor."
Kaum hatte der Bürgermeister unsere Kombüse verlassen, prustete Rudolph los. Er hatte Tränen in den Augen, und Rotze lief ihm aus den Nasenlöchern.
„Allzu viele werden wohl nicht überleben", schlussfolgerte ich.
„Du sagst es. Du bist wirklich allwissend."

Er lachte noch lauter. Ich wusste zwar nicht, was an meiner Erkenntnis überraschend sein sollte, aber ich nickte und lachte aus Höflichkeit mit.

Später am selben Tag sollten meine Fähigkeiten mehr gebraucht werden. Als erstes Entführungsopfer fand sich die Ärztin mit ihrem Schicksal ab. Sie stellte Forderungen wie Medikamente und medizinische Geräte – ohne sie sei eine vernünftige Versorgung der Besatzung unmöglich. Dazu wies sie auf Mangelernährung hin und dass man dringend Vitamintabletten bräuchte.

Helmut war der Verzweiflung nah. Ganz Deutschland, sogar ganz Europa, stand mittlerweile unter Wasser, metertief. In Ulm ragte gerade noch die Spitze des Münsterturms aus den Fluten; tiefer gelegene Städte wie Mannheim, Köln, Hamburg oder Berlin waren schon vollständig versunken. In Frankfurt ragten gerade noch ein paar Hochhäuser aus dem Wasser. Gewiss gab es noch Orte, die höher lagen, aber dort waren bereits Tausende von Menschen, die vor der Überschwemmung geflüchtet waren.

Dazu kam: Das Wasser stieg immer weiter. Nicht nur ein paar Zentimeter, was schon schlimm gewesen wäre, nein, sichtbar, mehrere Meter in der Stunde. Mein Plan war ebenso einfach wie genial: Wir konnten nicht anlegen, weil wir sonst Gefahr liefen, dass unser Schiff überrannt würde. Und mit einem Boot vom Schiff übersetzen ging auch nicht. Also musste uns unser Krokodil als Boot dienen. Rudolph schäumte vor Wut, musste aber schließlich zugeben, dass es die einzige Möglichkeit war. Dann nahm er mich beiseite: „Ich weiß, dass du das alles mitschreibst."

Ich nickte. Rudolph sah mir ernst in die Augen.

„Sollte hiervon irgendetwas in deinem Buch auftauchen, nur der kleinste Hinweis, dass das passiert ist, fresse ich dich. Hast du mich verstanden?"

Ich nickte und dachte mir meinen Teil, da ich meine Chronistenpflicht ernstnehme und guter Hoffnung bin, dass Rudolph nicht lesen kann.

Auf Rudolph direkt zu einer höhergelegenen Stadt zu schwimmen, war auch nicht die beste Lösung. Wir beschlossen, einen Ort hoch oben in den Bergen anzusteuern – einen, der noch weit davon entfernt war, von der Flut erfasst zu werden. Der Platz, der uns am passendsten erschien, lag auf dem Gipfel eines Berges. Wir gingen im tieferliegenden bewaldeten Umland fast vier Kilometer vom eigentlichen Ziel entfernt an Land und nähert uns unserem dann unbemerkt bergauf durch den Wald unbemerkt. Wir, das waren die Ärztin, Jens und ich. Jens wollte sein Kostüm anziehen; er behauptete, er könne in seiner Kluft besser zielen. Ich bezweifelte zwar, dass man als Mann in Strumpfhosen irgendetwas besser machen konnte, hielt mich aber da raus. Ich selbst verzichtete darauf, mich barbusig, nur in Lederhosen und mit Schwert auf den Weg zu machen – nicht, weil der Aufzug affig war (das war er bestimmt), sondern es war einfach schweinekalt. So zog ich Jeans und T-Shirt an und dachte, dass das mit dem Schwert schon schräg genug war.

Nur unsere Ärztin war halbwegs normal bekleidet. Das Gelände, wo wir mit Rudolph an Land kamen, war unwegsam, und so mussten wir uns die ersten Meter durch Brombeeren kämpfen. Dabei kam uns mein Schwert sehr zugute. Danach wurde es nicht viel besser. Der tagelange Starkregen hatte den Boden aufgeweicht. Wir kämpften uns voran, so schnell wir konnten, doch das Hochwasser saß uns erbarmungslos im Nacken.

Rehe, Hirsche, Wildschweine und kleinere Tiere nahmen keinerlei Notiz von uns. Je mehr die Tiere in die Enge getrieben wurden, umso mehr verlor offenbar der Mensch seinen Schrecken. Immer wieder rutschten wir wertvolle Meter Berg ab. Der Boden war wie Schmierseife: Wenn man erstmal ins Rutschen gekommen war, gab es kein Halten mehr.

Schon nach der halben Strecke waren wir mit unseren Kräften am Ende, aber es gab kein Zurück. So schnell, wie das Wasser stieg, würden wir keine zweite Chance mehr bekommen. Teilweise krabbelten wir auf allen Vieren weiter, zogen uns an Wurzeln die steilen Abhänge nach oben. Um uns herum taten die Waldtiere es uns gleich.

Nach drei Stunden hatten wir es gepackt – ich schätze, gerade einmal dreißig Minuten, bevor das Hochwasser die unteren Teile des Orts erreicht hatte. Jens legte einen Pfeil auf die Sehne und spannte an. Er war bereit, jederzeit zu schießen. Ich zog mein Schwert, aber noch hatten die Menschen zu viel Angst vor dem Krokodil, das uns begleitete.

Unsere Ärztin eilte uns voraus, immer in Richtung des kleinen Krankenhauses, das in der Kleinstadt auf dem Berggipfel lag.

Am Eingang stellte sich ein Mann mit Uniform uns in den Weg, besann sich dann aber eines Besseren, als er Rudolph die Zähne fletschen sah. Eigentlich grinste er nur ein bisschen, aber das wusste der Uniformierte natürlich nicht.

Wir rannten durch das Haus, verstauten Medikamente, Verbandsmaterial und Desinfektionsmittel in wasserdichten Plastikbeuteln und hängten sie an Rudolph. Als wir die Klinik verlassen wollten, versperrten uns Hunderte von Menschen den Ausgang. Von der Flut hierher gedrängt, hatten sie kein Angst vor Schwertern, Bögen oder Krokodilen. Was noch beunruhigender war als die Schreie: Viele hatten sich mit Knüppeln, Messern und Rohren bewaffnet, wildentschlossen, sich mit Gewalt alles zu nehmen, was sie irgendwie retten konnten.

Rudolph sah sich um. Hinter dem Krankenhaus ging es leicht bergab, und die Straße war ungefähr kniehoch überflutet. Nach fünfhundert Metern ging sie in den Wald, und da ging es noch mal ein paar Meter aufwärts.

„Hinterausgang!", rief Rudolph, so laut er konnte.

Die Schreie der Angreifer waren ohrenbetäubend.

„Es sind zu viele!"

Jens hatte inzwischen die ersten drei Pfeile abgefeuert; wütend trampelten die Angreifer dahinter über die toten Körper ihrer Kameraden. Wir wichen ein paar Meter zurück in Richtung Hinterausgang. Weitere Pfeile zischen durch die Luft, und wieder sanken die Vordersten tödlich getroffen zu Boden. Vom Hinterausgang drang nun schon dringlicher Rudolphs Stimme an unser Ohr: „Jetzt macht schon, das Wasser steigt immer mehr! Bald sitzen wir in der Falle!"

Ich riss Jens herum: „Lauf!"

Die Meute stürmte uns hinterher. Rudolph blieb in der Tür stehen: „Lauft vor! Ich kann schwimmen und habe noch etwas Hunger!"

Wir liefen auf die Straße hinter dem Hospital. Hinter uns hörten wir die panischen Schreie derer, die in Rudolphs Maul landeten. Aber das stoppte unsere Verfolger nur kurz; weitere hatten uns gesehen und folgten uns, indem sie um das Gebäude rannten. Rudolph kam uns mit blutverschmierter Schnauze hinterher; dabei schnappte er mit kurzen Schnappern alle Verfolger, die nah genug waren, sodass er sie zu fassen bekam. So lichteten sich die Reihen unsere Verfolger.

Das Wasser war tiefer als erwartet und reichte uns bis zu den Hüften. Es war eiskalt. Dann hörte ich hinter mir einen angewiderten Schrei von Rudolph: „Ekelhaft, ich bin ein Süßwasserkrokodil, scheiß Salzbrühe!"

Trotz unserer misslichen Lage musste ich laut lachen. Wir kamen ans andere Ufer und krabbelten auf allen Vieren den Berg hinauf. Mir fiel auf, dass unser Gipfel der einzige im weiten Umkreis war, der noch aus den Fluten ragte. Angstvoll sah ich mich um. Die Titanic war weit und breit nicht zu sehen. Meine Verzweiflung wuchs; dann tauchte das Schiff unter vollem Segel aus dem Schatten des Bergs. Rudolph zeigte in Richtung Wasser: „Wir schwimmen rüber!"

Zum Glück konnte uns keiner unserer Verfolger bis hierhin folgen. Minuten später gingen wir verdreckt und erschöpft an Bord.

Kapitel 23

Wussten Sie es? Ein neues Schiff ist undicht, so lange sich das Holz durch den Kontakt mit Wasser noch nicht so ausgedehnt hat, dass alle Fugen sich geschlossen haben. Immer wieder mussten wir schöpfen, das Schiff mit Eimern lehren, sonst hätte unsere Fahrt ziemlich schnell geendet. Leider gab es drei Gruppen (mit uns vier, aber Rudolph sorgte schon dafür, dass wir mit derlei Banalitäten nicht behelligt wurden): Neuhausen, Althausen und die Bürgermeistergarde. Nebenbei möchte ich anmerken, dass dank der Jahrhundertflut weder Neuhausen noch Althausen auf diesem Planeten noch existierten, und ohne sie gab es genaugenommen auch gar keinen Bürgermeister.

Dessen ungeachtet kam es zum Streit darüber, wer das Wasser von Bord schaffen sollte und, wie schon angedeutet: Wenn die Argumente ausgehen, fliegen die Fäuste. Es begann beim gemeinsamen Mittagessen, als das Schiff sich bereits gefährlich gesenkt hatte. Ein Wort gab das andere, und Mario hatte als erster keine Lust mehr, zu reden. Er nahm seinen noch halbgefüllten Bierkrug und zimmerte ihn einem Neuhausener auf den Schädel. Sam sprang seinerseits auf und schleuderte seinen Teller Mario an den Kopf wie eine Frisby-Scheibe. Mario fiel krachend in seinen Suppenteller, was seine Sitznachbarn mit Tomatensuppe baden ließ. Der Typ rechts neben Mario sprang auf den Tisch und, von dort aus, die Füße voran, auf Egon zu. Egon konnte ausweichen, sodass sein Angreifer neben ihm zu Boden ging; er packte ihn am Kragen und bearbeitete ihn mit harten Faustschlägen. Dann traf ihn ein Maßkrug und er ging zu Boden. Was danach folgte, war eine Schlägerei, von der alle Beteiligten noch ihren Enkeln und Urenkeln erzählen würden. Erst flogen Teller und Krüge, danach flog die Inneneinrichtung. Der Verlierer war schnell gefunden.

Als die Situation so bedenklich wurde, dass die Sicherheit des Schiffs in Gefahr war, griffen die Jungs des Bürgermeisters zum Eimer, um im wahrsten Sinne des Wortes die Suppe auslöffeln. Weniger poetisch: Sie waren die einzigen, die noch nicht auf der Krankenstadion lagen und fit genug waren, das Wasser aus dem Boot zu befördern. Ein weiteres Problem war, einen Freiwilligen zu finden, der ganz nach oben kletterte, um die oberen Segel zu hissen. Zum Glück musste man keinen Ausguck besetzen; man erwartete nicht, noch irgendwo Land zu finden.

    Immer wieder begegneten wir anderen Schiffen, meist Motorschiffen, die hilflos herumtrieben, weil ihnen der Sprit ausgegangen war, aber auch kleine Boote und Jachten, die zu wenig Proviant an Bord hatten und um Nahrung bei uns bettelten. Aber diese Begegnungen wurden seltener, und nach zwei Wochen hörten sie ganz auf.

Kapitel 24

Am Abend nahm mich Rudolph beiseite, um mit mir unter vier Augen zu sprechen. „Es ist so weit", verkündete er belustigt, „Helmut wird bald auf dich zukommen und fragen, wohin er fahren soll."

Ich sah das Krokodil an und zuckte mit den Schultern: „Warum sollte er das tun?"

„Weil er nicht weiß, wohin er fahren soll. Und weil der Unmut über das tatenlose Treiben auf See die Leute hier auf dem Schiff von Tag zu Tag mehr frustriert. Er muss etwas tun."

„Aber was will er von mir? Ich kann ihm auch nicht sagen, wo noch etwas unzerstört ist."

„Das will er auch gar nicht hören", beruhigte mich Rudolph, „er will nur eine Richtung."

„Okay, dann Richtung Osten. Auf Amerika hab ich keine Lust."

Diese Aussage war nur zum Teil richtig. Ich hatte nichts gegen den Kontinent, nichts gegen die Menschen dort – zumindest den größten Teil von ihnen. Ich hatte einfach nur keine Lust auf US-Amerikaner. Das ist nicht ungewöhnlich; ich glaube, bevor alles abgesoffen war, habe ich diese Ansicht mit etwa neunzig Prozent der Weltbevölkerung geteilt.

„Tut mir leid, mein Freund", antwortete Rudolph (wenn es so etwas wie Bedauern in der Mimik eines Krokodils gegeben hätte, hätte sie genauso ausgesehen wie das, was ich jetzt in seinem Gesicht sah), „aber genau da müssen wir hin. Das ist wichtig. Wir müssen nach Westen, und wir müssen uns beeilen."

Ich nickte und fragte mich (nicht zum ersten Mal), wer hier eigentlich der Allwissende an Bord war.

Aber Rudolph hatte richtig vermutet: Schon am selben Abend setzte sich der Bürgermeister zu mir an den Tisch und fragte so ganz nebenbei, wohin ich mit dem Schiff steuern würde.

Ich antwortete wie selbstverständlich: „Nach Westen. Und ich würde mich beeilen."

Er sagte dazu nur „Aha" und vermied es damit, sich bedanken zu müssen.

Kurz darauf wurden die Segel gesetzt und es ging in Richtung Westen. Die Stimmung an Bord stieg merklich, als klar wurde, dass wir nun ein festes Ziel hatten. Ich verstand das nicht, weil das Ganze im Grunde mehr blindem Aktionismus glich als zielgerichtetem Handeln. Unser Navigator war der letzte der unfreiwilligen Besatzung, der sich in sein Schicksal fügte: Nachdem wir drei Tage lang in eine Richtung gefahren waren, nahm er endlich seinen Job auf und machte sich an den Karten zu schaffen. Nach kurzer Prüfung erklärte er, dass wir über Frankreich segelten, genauer, dass wir uns in der Nähe von Paris befänden.

Ich blickte auf die weite Oberfläche des Wassers um uns herum und wurde traurig: Dies hier also war die Stadt der Liebe, unwiederbringlich versunken! Doch dann sah ich eine charakteristische Antenne, die ich schon auf Hunderten von Fotos gesehen hatte: die Spitze des Eifelturms.

324 Meter hoch war er, und jetzt ragten nur noch die obersten beiden Meter von ihm aus dem Wasser. Ich sah genauer hin, weil das ja nicht sein konnte. Zu meiner Verteidigung: Die Sicht war schlecht. Es schwamm viel Unrat an der Wasseroberfläche: Plastikeimer und Kanister, Holz, sogar ganze Bäume.

Das Schlimmste aber waren die Leichen – Leichen von Tieren aller Größe, bis hin zu Menschen. Und dann der Gestank! Davon abgesehen war ich mir jedoch absolut sicher, die Spitze des Eifelturms vor mir zu haben. Ich überlegte: Der Ort, wo wir fast ertrunken waren, war über tausend Meter hoch. Es gab nur eine Erklärung.

Ich rannte unter Deck und zerrte Rudolph aus dem Bett. Ich war so empört über meine Erkenntnis, dass ich mir nicht einmal Gedanken darüber machte, dass er um elf noch in den Federn lag.

„Du hast mich angelogen!", brüllte ich meinen tierischen Begleiter an.

Der gähnte laut und entblößte seine messerscharfen Zähne. Dann fragte er schlaftrunken: „Ich? Warum?"

„Wir müssen nach Westen! Das Wasser sinkt wieder! Wären wir nach Osten gefahren, wären wir bald auf Grund gelaufen und so gerettet worden! Was hast du vor? Und komm mir nicht wieder mit allwissend! Der einzige, der weiß, worum es hier geht, bist du!"

Rudolph sah mich lange an. Dann sagte er ruhig: „Setz dich. Was ich dir jetzt sage, ist wichtig."

Ich nickte, war aber immer noch verärgert.

„Ich weiß nicht genau, was passiert ist. Im Pazifik gibt es Meeresstellen, die bis zu elf Kilometer tief sind. Das ist unvorstellbar viel Wasser. Jetzt hat sich jedenfalls der Meeresboden des Pazifiks auf null gehoben, und das Meerwasser musste irgendwo hin. Die erste Welle überschwemmte alles, und jetzt verteilt sich das Wasser langsam. Am Schluss wird sich der Meeresspiegel nach meinen Berechnungen um etwa sieben Meter gehoben haben. Das betrifft nur ein paar Südseeinseln und Holland. Ich will den Niederländern ja nicht zu nahe treten, aber dieser Verlust ist verkraftbar."

„Du verarschst mich doch!"

Rudolph grinste. „Beweis mir das Gegenteil. Das sind die Fakten, und sie sind unstrittig. Jetzt hat sich durch die enormen Wassermassen etwas geöffnet. Nennen wir es ein Tor. Da müssen wir zuerst hin."

„Super! Und was findet der, der zuerst dahinkommt? Warum sollen wir überhaupt zuerst da hin?"

„Wir wollen nicht als erstes da durch. Wir müssen nur verhindern, dass etwas *zu uns durchkommt*. Glaub mir, das willst du nicht!"

Ich sah Rudolph ratlos an. „Was soll da denn kommen? Aliens? Wie lang werden Krokodile auf der Erde?"

„Es gab schon welche, die acht Meter lang wurden." Rudolph sah mich mitleidig an. „Ich bin zwölf Meter lang und nicht mal ein Jahr alt. Ich bin also noch ein Baby. Hast du Angst?"

Ich schaute geschockt.

„Solltest du, denn meine Spezies steht nicht oben auf der Nahrungskette. Bete zu was auch immer, dass wir zuerst dort sind!"

„Und wie groß wirst du? Ich meine da, wo du ..." Mir versagte die Stimme.

„Nicht groß. Sechzehn Meter, vielleicht siebzehn, wenn wir alt werden. Aber nur wenige von uns werden alt. Das ist das Privileg der Starken."

Ich nickte. Am liebsten hätte ich mich übergeben. Dann wankte ich zurück an Deck. Das musste ich erstmal verdauen.

Kapitel 25

In den folgenden Tagen kümmerte ich mich darum, dass wir Wände in unseren Raum bekamen. Wir einigten uns darauf, dass wir mit den Tieren zusammen leben wollten, außer ich und Rudolph, denn der schnarchte wie ein Holzfäller. Er behauptete dasselbe über mich, aber das war natürlich gelogen. Es hatte einen angenehmen Nebeneffekt, sich um die Inneneinrichtung zu kümmern: So konnte ich meinen Tag mit Melanie verbringen. Die Masse an Treibholz, das an unserem Schiff vorbeischwamm, war noch immer gigantisch, und so hatten wir keinen Mangel an Baumaterial.

Am Ende des Umbaus hatten wir fünf Krieger endlich eine feste Unterkunft und konnten uns auf Kämpfe vorbereiten.

Melanies Waffe war ein Speer, mit dem sie beängstigend sicher im Umgang war. Natürlich brauchte sie auch einen Partner. Rudolph verkündete stolz, er hätte jetzt ein geeignetes Tier gefunden: Lutz, einen stolzen Hund, der auf Anfrage des Krokodils, ob er für den Kampf geeignet sei, mit den Worten geantwortet hatte: „Ja, ich bin ein Wolf!"

Was natürlich nicht stimmte: Er war genetisch ein mehr oder weniger naher Nachkomme des Wolfs, im diesem speziellen Fall ein sehr entfernter. Lutz wollte nach eigener Aussage den Beinamen „Der Tödliche" tragen. Mit diesen Lorbeeren aus Eigenlob geschmückt, lief er bei uns in der Kantine ein. Wir sahen ihn an, und uns schossen Lachtränen in die Augen: Der direkte Nachkomme des Urwolfs war ein rosagefärbter, lächerlich geschorener Pudel!

„Mit dem lass ich mich nirgends sehen, da mach ich mich ja zum Affen!", brüllte Melanie.

„Aber ich bin ein Kämpfer!", pustete sich der Hund auf, um hocherhobenen Kopfes an uns vorbei in sein Zimmer zu stolzieren.

Kaum war er außer Hörweite, ging das Lästern los. Zuerst legte Melanie los: „Das kann doch unmöglich dein Ernst sein!"

Ich stimmte ihr zu: „Mit der aufgeblasenen Lachplatte kann man doch keinen Blumentopf gewinnen!"

Rudolph schüttelte traurig den Kopf und seine Augen wurden feucht. „Es ist so schwer, gutes Personal zu bekommen."

Derweil ging Lutz in den Kampfkunstraum, um sich vor dem Spiegel mit seiner Nunchaku zu üben. Es war das erste Mal, dass er bewusst sein Spiegelbild mit sich in Verbindung brachte. Ungläubig besah er sich und verstand plötzlich. Er verstand, warum andere Hunde ihn auslachten. Er verstand, warum sich alte Frauen, die nach Kölnisch Wasser stanken, zu ihm herunter beugten und mit einer Stimme ansprachen, mit der man blonde Enkel bedachte. Und er verstand, warum Melanie ihn nicht als Partner akzeptieren würde.

Lutz nahm sich ein Seil, stieg auf den Vormast und erhängte sich.

Diese für Lutz traurige Entwicklung stürzte Rudolph in noch größere Personalsorgen, weil, abgesehen von Schaben in der Küche, jetzt keine Tiere mehr an Bord waren.

Kapitel 26

Unser Navigator erklärte bei der wöchentlichen Lagebesprechung, dass wir jetzt auf See seien. Das führte zu allgemeiner Belustigung, weil Land ja schon seit unserer Abfahrt rar gewesen war. Was er uns eigentlich sagen wollte, war, dass wir nach unseren früheren Karten die französische Küste hinter uns gelassen hatte uns nun im Atlantik befanden.

Helmut begann danach damit, einen ausgefeilten Arbeitsverteilungsplan zu verkünden, wobei dieser, was die Verteilung der Aufgaben eingeht, eher eindimensional ausfiel: Seinen eigenen Leuten mochte er Aufgaben wie Deck schrubben, Segelsetzen, Bordwache oder Toilettenputzen nicht zumuten. Uns hätte er das zwar gerne aufgehalst, aber er hatte Angst, dass Rudolph ihn dann vor Zorn auffraß. Also blieben nur die Jungs aus Althausen und Neuhausen – und die bekamen dann auch noch einen Anschiss wegen der Kantinenschlägerei. Nachdem das Gespräch schon einmal auf die Schlägerei gekommen war, legte Ralf wieder los: „Wir wollten ja zusammenarbeiten. Und wir wollten auch keinen Streit. Aber diese geistig minderbemittelten Affen aus Althausen fangen immer wieder an!"

„Wen nennst du hier geistig minderbemittelt?", brüllte Mario. Er war aufgesprungen und hatte drohend seinen Bierkrug erhoben.

Rudolph sah die beiden hasserfüllt an. Er hatte die Schnauze langsam voll von den zwei Idioten. „Warum soll ich die noch gleich nicht fressen?", fragte er gereizt.

„Weil sie Klo und Küche putzen", antwortete ich.

„Brauch ich nicht. Gibt es noch einen Grund?"

Mir fiel jetzt auch keine gute Antwort ein.

Dafür antwortete Helmut. Es war für seine Verhältnisse sogar eine recht gute Antwort: „Wir brauchen für ein so großes Schiff jeden Mann, den wir haben. Auch die zwei."

Rudolph grunzte, was „Ja, na gut" oder auch „Leck mich!" heißen konnte.

In diesem Moment stürmte Egon, der als Beobachter an Deck eingeteilt war, ohne anzuklopfen in die Kabine. Er war von der Schlägerei schwer gezeichnet: Platzwunde am Kopf, blaues Auge links, und das rechte war ein Farbmix aus rot, lila und schwarz.

„Wir haben ein Problem", verkündete er in panischem Ton.

„Was gibt es?", fragte Helmut. Er war verärgert, dass Egon seinen Posten verlassen hatte, zeigte es aber nicht.

„Das müsst ihr euch ansehen!"

Also gingen wir an Deck. Was uns dort erwartete, war atemberaubend: eine schwarze Wolkenwand. Ich hatte so etwas noch nie gesehen. So weit das Auge reichte, nur schwarze Wolken, an deren Saum sich gewaltige Blitze entluden.

„Wir sind im Arsch", bemerkte Helmut richtig.

„Holt die Segel ein!", brüllte Rudolph.

Helmut sah zu mir. „Wer von euch ist allwissend?"

„Ich bin allfressend! Und du tust, was ich sage, oder …", brüllte Rudolph.

„Was er meint, ist: Der Sturm wird uns alle Segel zerreißen. Rudolph hat nur schneller reagiert als ich", log ich.

Helmut nickte. Dann befahl er, die Segel einzuholen. In größter Eile erklommen je zwei von Helmuts Männern die Masten, doch das Unwetter kam mit erbarmungsloser Geschwindigkeit näher.

Bald erfasste uns die erste Windböe und riss einen Mann in die Tiefe. Reglos trieb er auf den Wellen. Zwei Kameraden ließen sofort ein Rettungsboot zu Wasser, während ein dritter den Mast erklomm und den Platz des Gestürzten einnahm. Sehnsüchtig blickte Rudolph zu dem Ertrinkenden. „Schade um den leckeren Snack", kommentierte er resigniert.

Der Sturm wurde jetzt immer heftiger.

„Wir müssen die Segel abschneiden, sonst bricht der Mast!", brüllte Rudolph gegen den Wind. Der Mast knarzte bedenklich wie zur Bestätigung dessen, was er gesagt hatte; dann ein Knall wie ein Peitschenhieb: Die Seile hielten der Belastung nicht mehr stand und rissen. Ein loses Ende traf einen von Helmuts Männern an der Brust; er zerschellte an Deck.

Die Segel, die nicht eingeholt waren, konnten wir nicht mehr retten. Hilflos sahen wir zu, wie eines nach dem anderen vom Wind zerfetzt wurde oder einfach in die schwarze Wolkenwand geblasen wurde. Dann kamen die Wellen. Haushoch brachen sie über dem Schiff zusammen. Rudolph trieb uns unter Deck.

„Reicht, wenn Helmuts Leute baden gehen!", erklärte er, als er uns in unsere Unterkunft drängte. Wir wurden von rechts nach links, von vorn nach hinten geschleudert. Das Holz schrie unter der Belastung. Aber es hielt – etwas, was man von meinem Magen nicht behaupten konnte. Ich kotzte, wie ich noch nie im Leben gekotzt hatte. Ich wollte nur noch sterben.

Irgendwann, ich weiß nicht mehr wann, ließ der Sturm nach. Das Schuckeln der Wellen wurde sanfter, und ich schlief mit dem Kotzeimer, den ich fest in den Armen hielt, ein.

Ich war an einem Strand. Der Himmel war andersfarbig, eine seltsame Mischung aus rosa und violett. Hinter mir lag das blaue Meer ruhig, keine Welle brandete an die Küste, keine Bewegung, nichts. Ein Gefühl sagte mir, dass irgendetwas nicht stimmte. Dann begriff ich es: Es gab keine Töne. Keinen Wind, kein Rauschen, nicht einmal Vogelzwitschern. Dann ereilte mich die Erkenntnis. Sie traf mich wie ein Hammerschlag. Ich war allein. Hier gab es nichts, kein Tiere, keine Menschen. Ich war völlig allein. Ich sah wieder in den Himmel. Das Rosa und das Violett gingen ineinander über, mal gewann die eine, mal die andere Farbe die Überhand.

Dann begann der Himmel zu flackern wie der Schatten von Feuer an einer Wand. Man sah die Flammen nicht, aber man wusste, dass sie da waren. Als erstes roch ich das Feuer, dann sah ich den Rauch über den Bäumen. Dann, und das war Beängstigendste, sah ich die Flammen. Sie waren weit entfernt und standen meterhoch über den Bäumen. Sie mussten Hunderte von Metern in den Himmel ragen.

Mein Gehirn sagte mir, dass das alles nicht sein konnte. Aber jetzt schlug mir Hitze erbarmungslos ins Gesicht, und noch immer war da kein Geräusch, nichts, nicht der leiseste Ton.

Auch das konnte nicht sein. Ich war schon bei Bränden gewesen, und das war nicht geräuschlos. Das Ganze war beängstigend, aber auch irgendwie nicht real. Ich hatte den Eindruck, ich müsste gleich aufwachen, dass alles nur ein böser Traum war. Doch der Rauch brannte in meinen Lungen. Fassungslos sah ich in die Richtung, aus der die Feuerwalze auf mich zukam. Ich konnte nicht reagieren, stand reglos, wie unter Hypnose.

Die Flammen bewegten sich mit unvorstellbarer Geschwindigkeit auf mich zu. Mein Blick war starr fixiert auf die grünen Flammen, die in dem rosavioletten Himmel züngelten. Die Hitze brannte in meinem Gesicht und raubte mir die Luft. Die Feuerwand füllte jetzt mein ganzes Blickfeld aus.

Es gab nur noch die Flucht ins Meer. Endlich konnte ich meinen Blick lösen und drehte mich zum Wasser. Es war nicht mehr blau, sondern blutrot, und seine Oberfläche lag nicht mehr ruhig, sondern war aufgewühlt, als kochte das Wasser. Bei genauerem Hinsehen begriff ich, dass es Schlangen waren, Tausende von Wasserschlangen, die seine Oberfläche zerwühlten. Es gab hier also doch Leben! Jetzt wäre es mir lieber gewesen, es gäbe hier keines.

Angewidert machte ich ein paar Schritte auf die rote Flüssigkeit zu. In Drohgebärde richteten sich die Schlangen auf, und ihre Hälse erinnerten an die von Kobras. Dann hörte ich es, es ging mir durch Mark und Bein: Ein Rasseln wie von Klapperschlangen. Und da war es zu sehen: Am Schwanz der abscheulichen Kreaturen hingen tatsächlich

Rasseln! Eine Kreuzung aus Kobra und Klapperschlange also. Ich brauchte nicht lange darüber nachdenken, ich war mir sicher: Ihr Biss war tödlich.

Ich drehte mich um. Es musste doch einen anderen Ausweg geben! Die Flammen waren jetzt nur noch wenige Meter von mir entfernt. Ich wusste, dass das unmöglich war; so schnell konnten sie sich nicht zu mir bewegt haben, doch was nutzte mir dieses Wissen jetzt? In dem Feuer erschien ein Drache und fauchte mich an: „Komm nicht hierher, hier gibt es nur den Tod! Komm nicht hierher!"

Schreiend erwachte ich und warf den mit Kotze gefüllten Eimer um. Ich war schweißgebadet. Rudolph sah mich an. Er sagte nur ein Wort, genauer gesagt, er stellte mir nur eine Frage: „Drache?"

Ich nickte zur Bestätigung.

„Das erklärt den Sturm. Wir sollen wohl nicht dorthin. Wir müssen aufpassen. Unsere Reise wird unangenehm, sehr unangenehm."

Dann drehte er sich um und machte sich daran, weiterzuschlafen. Schlaftrunken fügte er noch hinzu: „Wisch die Kotze auf, das stinkt."

„Dort, wo wir hingehen, gibt es Drachen?", warf ich ein, ohne auf das eben Gehörte einzugehen.

„Ja, aber mach dir keinen Kopf. Ich glaube nicht, dass sie uns feindlich gesinnt sind", murmelte Rudolph schlaftrunken. Dann hörte ich ihn schon wieder schnarchen.

Kapitel 6

In den folgenden Tagen war uns der Wind nicht gewogen. Wenn er überhaupt blies, dann aus Westen. Leider wussten wir, wohin wir wollten, und das war nun einmal Westen.
Nach vier Tagen gaben wir auf. Wir mussten rudern! Helmut befahl, dass Neuhausener und Althausener zusammen die Ruder in die Hand nehmen sollten. Soweit war der Befehl klar und wurde auch zu seiner vollen Zufriedenheit ausgeführt – leider war er nicht darauf eingegangen, was sie mit den Rudern genau zu tun hätten. Mario und Rainer jedenfalls prügelten damit aufeinander ein. Der Rest der beiden Gruppen tat es ihnen gleich, und so endete es, wie es enden musste: Melanie musste neue Ruder schreinern, und Helmuts Jungs übernahmen die Paddelschichten. Wir wären übrigens deutlich schneller vorangekommen, wenn Rudolph am Vortag nicht unterzuckert gewesen wäre und Helmut deshalb nur noch vierzig Mann hatte ...

An einem Morgen saß ich zusammen mit Melanie am Frühstückstisch. Wir tranken Kaffee und tunkten Kekse in unsere Tassen. Das war nicht ungewöhnlich, wir waren eben beide überzeugte Frühaufsteher. Blödsinn, mich kotzte das frühe Aufstehen mehr an als jeden anderen an Bord, aber es war die einzige Chance, mit Melanie allein zu sein. Wie hatten unsere Tassen in den Händen und sahen einander in die Augen.
Dann fragte sie mich unvermittelt, ob sie mir etwas Seltsames erzählen könne. Ich nickte und lehnte mich in der Erwartung zurück, irgendein Märchen zu hören. Was ich nicht ahnte: Das, was sie mir berichtete, würde mir das Blut in den Adern gefrieren lassen. Sie erzählte mir von einem Traum.

Sie stand am Strand, und hinter ihr lag reglos das Meer. Vor ihr Palmen, soweit das Auge reichte. Der Himmel war ungewöhnlich gefärbt, zum Teil rosa, zum Teil lila. Dann sah sie plötzlich lange schwarze Beine zwischen den Bäumen am Horizont aufragen. Die dazugehörigen Tiere mussten riesig sein, weil die Palmen vor ihr schon mindestens zehn Meter hoch waren. Verzweifelt versuchte Melanie zu erkennen, was da auf sie zukam. Dann, als die fremdartigen Geschöpfe schon gut einen Kinometer näher waren, sah sie widerwärtige behaarte Körper und schrie auf: Es waren hochhausgroße Spinnen! Sie warf sich herum und wollte zum Wasser flüchten, doch das ruhige Meer war mutiert zu einem blutrot gefärbten Etwas. Die rote Suppe war jetzt in Bewegung, und bei genauerem Hinsehen erkannte sie Millionen von Spinnen. Jede hatte die Größe eines Fußballes, und sie kamen unaufhaltsam auf sie zu.

Angewidert drehte Melanie sich zum Wald – und schaute in die tiefschwarzen Augen einer Zwei-Meter-Spinne. Sie schloss die Augen. Es gab kein Entkommen. Dann hörte sie eine Stimme: „Kommt nicht hierher, sag ihm, hier gibt es nur den Tod. Sag es ihm, nur den Tod."

Sie öffnete wieder die Augen und sah jetzt, dass die toten schwarzen Augen Feuerbällen gewichen waren. Es war auch keine Spinne mehr, was da vor ihr stand, sondern ein furchterregender Drache. Dann drehte der Drache sich um, erhob sich in die Lüfte und flog davon. Nichts war mehr da, keine Spinnen, keine Palmen, kein Meer. Nur ein zwischen rosa und lila changierender Himmel, in dem ein immer kleiner werdender Drache verschwand.

„Du hältst mich jetzt bestimmt für total bescheuert", schloss Melanie ihre Erzählung ab.

Sprachlos schüttelte ich den Kopf. Aus dem Schatten hinter uns trat Rudolph. Manchmal war es beängstigend, wie sich ein Zwölf-Meter-Krokodil so unbemerkt heranschleichen konnte.

„Wisst ihr, der rosaviolette Himmel ist das Schönste, was ihr in meiner Welt sehen könnt. Das Licht bricht sich in der Atmosphäre; das ist so ähnlich wie euer Abendrot", sprach das Krokodil, und etwas

Träumerisches lag in seiner Stimme. „Warum eigentlich diese Landschaft, wenn er uns vertreiben will? Es gäbe wahrlich genug Schreckliches, was er euch zeigen könnte! Orte und Geschöpfe, die euch Ängste durchleben lassen würden, die euer Geist sich nicht einmal vorzustellen vermag! Aber der Drache zeigt euch unser Märchenland. Vielleicht ist er wirklich auf unserer Seite. Aber warum will er uns dann vertreiben?"

„Ich glaube nicht, dass er unser Freund ist", entgegnete ich. „Als er vor mir stand und mir in die Augen sah, erschien er mir sehr unfreundlich."

„Wie meinst du? Er stand vor dir und sah dir in die Augen? Wie groß war der Drache denn?", fragte Rudolph.

„Schon riesig. So groß wie du ungefähr", antwortete ich.

„So winzig? Ein ausgewachsener Drache ist über vierzig Meter lang, so hoch wie ein Mehrfamilienhaus", erklärte Rudolph.

„Vieleicht war er noch ein Kind", mutmaßte Melanie.

„Wohl eher ein Säugling", antwortete das Krokodil. „Es gibt nur ein Problem: Drachen lernen erst sehr spät zu sprechen. Eine fremde Sprache wie eure erst in sehr hohem Alter. Nein, das ist kein junger Drache."

Ich hätte mich gern noch weiter unterhalten, aber musste dringend aufs Klo. Ich wollte mich gerade auf den Weg machen, da meinte Rudolph: „Du, das würde ich sein lassen. Ich war da gerade."

„Danke für die Warnung", sagte ich, nahm mein Buch unter den Arm und ging einen Stock höher zur Kantine. Dort war ein großes stilles Örtchen mit sechs Pissoirs an der einen Seite und vier Toilettenkabinen an der anderen. Weil es das Lieblingsklo von Helmut war, war fast ständig einer seiner Jungs da und putzte. Diese Toilette war so sauber, dass man vom Boden hätte essen können.

Ich öffnete schwungvoll die Tür – und blieb wie angewurzelt stehen. Die Kabinen waren verschwunden, zumindest ihre Wände. An der Wand vor mir stand vier freistehende Toiletten. Das wäre schon fürchterlich genug gewesen, doch auf einer der Schüsseln saß auch noch ein Riese. Wenn man das bei einem sitzenden Mann schätzen kann, war er mindestens zwei Meter groß. Und er war schwarz. Er hielt eine Zeitung in den Händen, las in aller Seelenruhe und kackte.

Ich stammelte: „Entschuldigung", drehte mich schnell und verließ den Raum.

Nichts auf dieser Welt hätte mich dazu gebracht, mich dazu zu setzen und wenn es mich zerrissen hätte! Nun, sehr weit war dieser Moment nicht mehr entfernt, es war inzwischen dringend!

Ich hatte schon die Kantine schon fast durchquert, als sich mehrere Fragen in mir regten: Woher hatte der Typ eigentlich die Zeitung? Okay, ich hatte nicht das Herausgabedatum gelesen, es konnte auch eine ältere Ausgabe sein. Aber: Der Typ war schwarz. Und es gab keinen Schwarzen an Bord dieses Schiffes! Außerdem hätte Helmut nie zugelassen, dass jemand die Wände seines geliebten Klos einriss. Also rannte ich zurück und riss die Tür auf.

Nichts. Nur vier unbesetzte Toilettenkabinen. Ich wusste nicht, was hier vorging, nur eines wusste ich: Es musste jetzt warten. Ich sprang in die erste Kabine und schaffte es gerade noch, die Hose runterzulassen.

Nachdem ich mich erleichtert hatte, sah ich mich wieder um. War da noch jemand in dem Raum? Ich war mir sicher, dass alle Kabinen offen und unbesetzt gewesen waren, und die Eingangstür war nicht geöffnet worden; so wie die quietschte, hätte ich es gehört. Oder hatte ich sie offen stehen lassen und jemand war lautlos in den Raum gelangt?

Ich lauschte ins Nichts. Gerade, als ich das Ganze schon als Hirngespinst abtun wollte, kackte etwas in der Kabine neben mir. Ich sah zu der Zwischenwand und stockte: Da waren Wassertropfen, winzig und kaum sichtbar, aber eindeutig Wassertropfen. Wenn jemand vor mir hier gewesen war, hätte ich ihn sehen müssen. Doch ich wollte mir darüber keine Gedanken machen. Ich bewegte mich mit dem Ohr in Richtung Kabinenwand. Als ich gerade dort war, gab es einen

ohrenbetäubenden Schlag. Die Wand erzitterte, und dann hörte ich ein Lachen, so laut und tief, dass es nicht menschlich sein konnte.
Dann, so plötzlich, wie alles begonnen hatte, endete es. Es wurde wieder still. Und mit der Stille kam die Dunkelheit. Die Lampen erloschen in dem Moment, in dem das Lachen endete. Dann, in der totalen Finsternis, hörte ich es. Es klang wie nasse Füße, die auf Fliesen laufen: Taps, taps. Sie kamen immer näher; jetzt mussten sie vor der Kabine sein. Taps, taps. Ich hatte doch ein Feuerzeug in der Tasche? Ich suchte verzweifelt danach. Beim dritten Versuch gelang es mir, Feuer zu machen, und ich sah in das Gesicht des Drachens. Seine Stimme raubte mir die Luft: „Dreh um, oder ihr werdet sterben!"
In Panik schrie ich auf. Ich schrie noch immer, als das Licht wieder anging und Rudolph rief: „Was soll das Gebrüll? Und warum hockst du hier im Dunkeln?"
„Der Drache, der Drache war hier!", stammelte ich.
„In dieser Hundehütte? Wohl kaum. Mach dich fertig, wir treffen uns in fünfzehn Minuten im Besprechungsraum. Ich glaube, ich muss euch mal was erklären."

Gott und Satan saßen wieder mal in ihrer Lieblingsbar und hörten die Stones. Genauer gesagt, hatten sie sie bis vor wenigen Sekunden gehört, dann war so ein Banause gekommen und hatte Geld in die Musikbox geworfen, um einen Song von Nickelback zu starten. Satan maulte verärgert, und Gott sprang auf. Zwischen seinen Finger züngelten Blitze.
Augenblicklich begann es in der Bar zu regnen. Dann schleuderte er mit der Rechten den ersten Blitz in die Musikbox, die lautstark explodierte. Dann holte er mit der Linken aus und schleuderte den zweiten Blitz auf den Gast, der sich den Krach gewünscht hatte. Reglos fiel er zu Boden.
„Drehst du jetzt völlig durch?", fuhr Satan seinen Kumpel an.
„Er hatte es verdient zu sterben", rechtfertigte sich der Allmächtige.

„Ach das, nein, der Regen! Du Arsch verwässerst ja mein Bier!", rügte Satan sein Gegenüber. „Okay, ich bestell zwei neue." Damit war das Thema von Tisch.

Zwei Bier später, der Boden war gerade getrocknet, fragte Satan: „Was soll eigentlich der Schwachsinn mit dieser anderen Welt?"

„Ich musste Rudolph doch irgendeinen Anreiz geben, bei diesem Projekt mitzuhelfen. Die Menschen haben seinen See vergiftet, andere Tiere sind nur Futter, und er ist ein Krokodil. Vor einer Flut hat er wenig Angst", erklärte Gott.

„Schwierig", stimmte Satan zu.

„Ja, und dieser Rudolph ist nicht dumm. Er weiß, dass er einzigartig ist. Da war es nur ein kleiner Schritt, ihm zu suggerieren, dass er nicht von dieser Welt ist. Er *wollte* das glauben. Jetzt ist es so: Er hinterfragt inzwischen alles. Ich glaube, er ahnt, dass irgendetwas an der Geschichte nicht stimmt, und jetzt wird es mit Träumen seiner Freunde untermauert", erklärte Gott.

„Pass bloß auf, dass du damit nicht übers Ziel hinausschießt! Unsere liebe Chefin hat schon wegen der blöden Viecher getobt, die zurückgelassen wurden. Tausende Tierrassen, auf einen Schlag ausgestorben", lästerte Satan.

„Ja, ja, es läuft alles nicht mehr so glatt wie damals, bei Noah. Wenn ich damals zu den Menschen sprach, wurde es in Steintafeln gemeißelt oder in die Bibel geschrieben, aber egal, es wurde zumindest gemacht. Ich erschuf in sechs Tagen die Erde, wo ist dafür die Dankbarkeit? Jetzt stellen sie sich hin und sagen, es war der Urknall", redete sich Gott in Rage.

„Aber es war doch der Urknall", antwortete Satan verständnislos.

„Das ist doch nur ein Sinnbild, verstehst du denn nicht? Ich kann sagen, was ich will, mir glaubt keiner!"

„Okay, das ist hart. Noch ein Bier?", fragte Satan.

Gott nickte und trank das Glas, das noch vor ihm stand, leer.

Kapitel 7

Wir waren pünktlich, was selten war. Aber diesmal wollten alle hören, was das Krokodil zu erzählen hatte. Der große Tisch in der Mitte des Besprechungsraumes war leer. Rudolph saß am Tischende. Er war der Einzige, der stand, und auch so überragte er uns um gut einen Meter. Zu seiner Seite saßen ich und Melanie. Jens und Schlange sowie Rainer hatten die Stühle uns gegenüber eingenommen. Conan hatte es sich auf der Deckenlampe bequem gemacht. Marion und ihr Eichhörnchen saßen Rudolph gegenüber. Das Krokodil machte keine großen Umschweife und fiel gleich mit der Tür ins Haus.

„Wer von euch hatte in den letzten Tagen Alpträume von Drachen oder einer Welt in seltsamen Farben?"

Ich und Melanie nickten zustimmend, und nach und nach taten es uns die anderen gleich. Conan schnatterte sofort los: „Das war furchtbar, das müsst ihr euch mal vorstellen!"

„Nicht jetzt!", stoppte Rudolph seine Ausführungen. „Also alle. Das hatte ich befürchtet. Nun, denen von euch, die geglaubt haben, nur ein dummer Traum, Drachen gibt es nicht und so weiter, muss ich jetzt leider den Tag versauen: Es gibt sie! Aber keine Sorge, sie sollten nicht unser Problem sein. Aber von Anfang an: Es gibt zwei Erden. Und weil sie genau gleich waren, entwickelte sich auf beiden Leben. Die Geschichte lief lange völlig identisch, bis zu der Zeit der Dinosaurier ein riesiger Meteor auf die Erde einschlug und die dominierende Rasse auslöschte. Und so übernahm ein schwächliches Wesen, genannt der Mensch, die Herrschaft. Ich selbst komme, wie ihr euch vielleicht schon gedacht habt, aus der Parallelwelt."

Die Nachricht schlug ein wie eine Bombe. Doch Rudolph fuhr unbeirrt fort.

„In meiner Welt gibt es Dinosaurier und Wesen, die es mit ihnen aufnehmen können. Es gibt auch eine Art Menschen, aber sie sehen anders aus als ihr hier. Sie sind nie über den Rang eines Futtertiers hinausgekommen. Bei uns herrscht seit Jahrtausenden Krieg. Das wäre jetzt alles nicht so schlimm, wenn diese verdammte Flut nicht ein dickes Loch, sagen wir, eine Art Durchgang zwischen den beiden Welten gerissen hätte. Klar, sagt ihr jetzt, aber Rudolph war doch schon vor der Flut in unserer Welt! Ja, es gab schon vorher kleine Löcher, und als Baby rettete mich meine Mutter, als sie keinen Ausweg mehr hatte, indem sie mich durch eine solche Öffnung in Sicherheit stieß."

„Aber um Gotteswillen, warum kam sie nicht mit?", fragte Conan.

„Sie war stattliche fünfzehn Meter lang, das war einfach zu groß! Nun, die Öffnung, die diese Flut aufgetan hat, ist so groß, dass alles, was in meiner Welt lebt, in eure Welt kommen kann. Das aber wäre das Ende von allem, was ihr kennt. Das dürfen wir nicht zulassen. Und deshalb – *deshalb müssen wir da hin und das Loch verschließen.*"

„Und wie sollen wir das anstellen?" fragte Jens.

„Ich habe keine Ahnung", gab Rudolph kleinlaut zu.

Kapitel 14

Tagelang hatten wir kein Kontakt, Glaubten wir sogar die einzigen zu sein die überlebt hatten. Dann begegneten wir Meerjungfrauen. Wie diese, wissen wir alle aus Märchen oder aus dem Kino. Dass sich ausgerechnet Helmut, dessen Gesinnung ihn eigentlich regelmäßig gegen alles, was fremd und anders war, aufbrachte, sich genau in ein solches Wesen verliebte, war ungewöhnlich. Zudem, da diese Liebe aus Gründen der Meerjungfrauenanatomie unpraktisch war, mit anderen Worten: keine Beine, dafür ein Fischschwanz (nun, das Buch soll auch von Kindern gelesen werden dürfen, aber dem geneigten Mann fällt auf: Da fehlt etwas auf der Spielwiese!). Egal: Helmut war verliebt wie ein Teenager. Dass das Probleme ergab, vor allem, weil seine Liebe auf unfruchtbaren Boden gefallen war und er mit Niederlagen nicht umgehen konnte, war uns allen klar.

Ein Tag später erklärten die Meerjungfrauen uns den Krieg, was letztlich nur Rudolph cool fand. Diese Meinung revidierte er bald, weil das Meerwasser ihm bei den Kämpfen in den Augen brannte. Letztlich war er eben ein Süßwasserkrokodil und außerdem noch eine ziemliche Heulsuse.

Am Abend dieses Tages jedenfalls umzingelten Hunderte von Meerjungfrauen unser Schiff. Helmut stellte seine komplette Armee an die Reling und ließ sie mit ihren Gewehren das Feuer eröffnen – ohne Erfolg, Kugeln konnten diesen Fischwesen offenbar nichts anhaben.

„Zeit für eine Praxisübung!", sagte Rudolph.

Jens zog seine Strumpfhosen an und seinen Wollpullover, ich meine Jeans. Kurz versuchte ich, mir das Kettenhemd überzustreifen. Immerhin hatte ich auf See etwas abgespeckt, aber, wie sich schnell herausstellte, nicht genug. Rainer zog sein Kettenhemd über. Marion sah wie immer umwerfend aus, wobei ich nur Augen für Melanie hatte. Rudolph aber sah zu ihr hin und erklärte knapp, dass es für sie noch zu früh sei zum Kämpfen.

Dann nahmen wir unsere Waffen und zogen in den Kampf. Also, ich nicht, ehrlich gesagt, weil Rudolph im Wasser kämpfen wollte und ich einfach zu fett war; mit mir auf dem Rücken wäre er abgesoffen. Er sagte mir also, ich solle gut auf Melanie aufpassen, und schon war er mit einem beherzten Sprung im Wasser.

Jens versuchte von der Reling aus, die Meerjungfrauen mit seinem Bogen zu treffen, aber sie waren zu flink. Rainer hatte sich jetzt auch ans Geländer vorgekämpft und versuchte unter Aufbringung aller seiner Kraft das Beil zu heben. Leider war es zu schwer, und er kippte vornüber in die Fluten. Das Kettenhemd zog ihn in die Tiefe.

Inzwischen hatte ich mir von Melanie ein paar Speere geben lassen, stand neben Jens und versuchte werfend mein Glück. Ich verfehlte mein Ziel um Meter, aber mein Speer sank und erreichte schließlich Rainer, der in seinem schweren Hemd am Grund des Meeres gefangen war. Mit letzter Kraft griff er die Waffe, und halb hebelte, halb schnitt er das Kettenhemd damit auf. Dabei brach der Stiel der Waffe.

Jetzt, knapp dem Tod entronnen, war Rainer so zornig, dass er die Angreiferinnen töten wollte. Mit der Speerspitze in der Rechten schoss er mit unvorstellbarer Geschwindigkeit zur Wasseroberfläche und tötete sofort zwei der glitschigen Geschöpfe. Sein Vogel flog nur einen Meter über seinem Kopf und sah, wo die Meerjungfrauen sich befanden. Ohne dass sie ihn vorher bemerkten, tauchte er vor ihnen auf und stach zu. Ich begriff: Wasser war Rainers Element, darin war er wendig und schnell. Ich stand fasziniert an der Reling, den Speer in der Rechten, und staunte. Ich versuchte nun meinerseits, Rudolph mit Zurufen zu leiten, was er jedoch mit einem lieblosen „Halts Maul!" quittierte.

Nach wenigen Minuten war der letzten Meerjungfrau klar, dass hier kein Sieg mehr zu holen war. Rainer war zusammen mit Rudolph im Wasser einfach zu stark, und so flüchteten die, die den Tod noch nicht gefunden hatten.

Kapitel 28

In den nächsten Tagen wurde die Stimmung an Bord immer gereizter. Zum einen kam Helmut nicht damit klar, dass er als Anführer in Frage gestellt wurde, und zum anderen gab es nicht wenige an Bord, die Rudolph gern als Chef gesehen hätten. Die, welche dumm genug waren, das offen zu sagen, verschwanden – nur wenige wussten, dass Helmut ganz unten im Schiff Gefängniszellen für Andersdenkende unterhielt ...

Es kam, wie es kommen musste: Helmut zwang uns, das Schiff zu verlassen. Zugegeben, zwingen ist das falsche Wort, aber die Arche war durch anhaltenden Ostwind ohnehin in die falsche Richtung unterwegs, und so machten wir fünf es uns mit den Tieren auf Rudolphs Rücken bequem. Wir gingen natürlich nicht, bevor wir nicht einen Großteil der Lebensmittel auf Rudolphs Rücken vertaut hatten. Auch brachten wir Liegestühle und Sonnenschirme auf die gut fünfundzwanzig Quadratmeter große, schuppige Fläche.

„Das ist demütigend!" maulte der Alligator. Dann schwamm Rudolph los, ohne Kompass. Aber er wusste auch so, wo Westen war. Was auf dem Schiff nach unserer Verbannung passierte wurde mir, dem fast allwissenden Erzähler anonym zugespielt und so kann ich dies hier berichten. Die Arche sahen wir nie wieder. Ohne uns wurde das Leben auf dem Schiff immer unerträglicher. Bald gab es nur noch Lebensmittel, wenn man Mitglied in Helmuts Armee war oder in seiner neugegründeten „Helmut for Präsident Partei", kurz HFPP. Jeden Montag gab es eine HFPP-Sitzung, bei der über das Vorgehen gegen Andersdenkende beraten wurde, Verhaftungen geplant und die Ausführenden über das genaue Vorgehen informiert wurden.

An einem schönen sonnigen Montag dann stand unbemerkt eine Lederaktentasche unter Helmuts Tisch. Eigentlich wollte der Bürgermeister gerade aufstehen und auf die Toilette, als ihm einfiel, dass er noch den Befehl zum Auspeitschen des Bordkochs geben musste. In dem Moment, als er die Stimme hob, detonierte eine Bombe in der Ledertasche. Helmut war sofort tot, und alle Anwesenden brachen in Jubel aus. An diesem Abend wurden nicht nur alle politischen Gefangenen freigelassen, es wurden auch achtzig Prozent der an Bord befindlichen Bierbestände vernichtet.

Gleich am nächsten Tag änderte Marco den Kurs. Er wurde mit den Stimmen beider Orte zum Chef gewählt. Alle hatten erkannt, dass sie nur zusammen eine Chance hatten. Die erste Entscheidung freilich war schlecht: Sie beschlossen, uns zu verfolgen. Nun, ein fünfzehn Meter langes Krokodil in Atlantik zu finden, war schon fast unmöglich, aber noch fataler war, dass sie so dem einzigen Piratenschiff entgegenselten, das auf dem Ozean schwamm. Das Piratenschiff nahm sofort die Verfolgung auf.

Zur selben Zeit meinte Rudolph plötzlich, dass die Arche in Gefahr sei und wir umkehren müssten. Woher er das eigentlich wusste, konnte er uns nicht sagen; er meinte, das hätte Gott ihm gesagt. In einer Zeit, in der die Menschen nicht mehr an den Knaben da oben glaubten, kam das als Bekenntnis eines Krokodils etwas unglaubwürdig. Dennoch, wir wollten gerade wenden, als hinter uns unverkennbar die dreieckige Flosse eines Weißen Haies auftauchte.

Rudolph nahm sofort Fahrt auf, während wir zu unseren Waffen griffen. Doch der Hai war schneller und, was noch schlimmer war: Er war nicht allein.

„Gut", erklärte Rudolph, „dann gibt es heute eben frischen Fisch!" Mit diesen Worten verschlang er den ersten Weißen Hai.

Nach dem fünften Hai war Rudolph so satt, dass er nicht mehr konnte.

Melanie stach mit ihrem Speer auf die immer zahlreicher werdenden Tiere ein. Unbarmherzig traktierten die Monster Rudolph mit Bissen, und je mehr er blutete, umso mehr der Bestien umkreisten uns.

Auch unsere Freunde auf der Arche griffen inzwischen zu ihren Waffen. Sie hatten Pistolen, Maschinengewehre und etliche von Helmuts Männern, die damit umgehen konnten – die Piraten aber hatten Kanonen. Kugel um Kugel traf Bordwand und Deck, und nur die Größe der Arche verhinderte, dass sie sofort sank.

In einem letzten verzweifelten Versuch, das Schiff zu retten, lenkte Marco es auf das viel kleinere der Piraten zu. Das Piratenschiff brach in zwei Teile. Die Arche schwamm weiter, doch zum Peis eines riesigen Lecks. Unmengen an Wasser fluteten das Schiff. Verzweifelt versuchte die Besatzung, mit Eimern, Töpfen und mit allem, was sie in die Hände bekamen, das Wasser herauszuschöpfen. Doch es war vergeblich.

Kapitel 29

Wutentbrannt stürmte der Tod in das Büro von Satan, wo dieser gerade bei Kaffee und einem Stück Schwarzwälder Kirsch mit Gott saß. Sie sah mit Hass auf ihre beiden Untergebenen.
„Was fällt euch eigentlich ein?"
Ihre Stimme war so eisig, dass die Raumtemperatur um mindestens vierzig Grad sank, die Fensterscheiben von innen gefroren und der Kaffee in der Tasse zu Eis erstarrte.
„Denk an deinen Blutdruck, du sollt dich doch nicht so aufregen, hat dein Arzt gesagt", versuchte Satan, seine Ex zu beschwichtigen.
„Denk du lieber daran, dass ich die einzige in diesem Raum bin, die unsterblich ist!" Die Temperatur sank noch einmal um mindestens zehn Grad; zugleich züngelten Blitze über ihren schlanken Körper. Die beiden Kumpels hatten ihre Chefin noch nie so wütend gesehen.
Während Satan mit etwas Feuer den Kaffee wieder auf Trinktemperatur brachte, meinte Gott: „Bitte mach dir keine Sorgen. Rudolph ist gut, er wird die Menschen retten. Die werden schon nicht aussterben, deine geliebten Menschen!" Damit nahm er die Tasse und führte sie zum Mund.
„Rudolph", pustete sie, „wird gerade von Haien gefressen, du Hirnamputierter!"
Weiter kam sie nicht, da sich Gott am Kaffee verschluckte und verzweifelt versuchte, Luft zu bekommen.
„Okay, okay, wir machen das Ganze rückgängig! Wird fast so sein, als wäre nie was passiert, Ehrenwort", versuchte Satan die Kuh vom Eis zu holen.
„Will ich für euch hoffen! Ja, und euer Jahresurlaub für das nächste Jahrhundert ist gestrichen! Ersatzlos."
Zur selben Zeit, mitten auf dem Atlantik, standen wir zu fünft auf Rudolph. Er blutete schwer. Unbarmherzig bissen die Haie zu. Ich

versuchte verzweifelt mit meinem Schwert, uns zu verteidigen, vergeblich.

Dann stoppte die Zeit, und einen Moment lang war es, als wäre die Welt eingefroren. Dann wurde alles schwarz.

Kapitel 30

Ich wachte auf. Mir war übel. Hätte ich nicht genau gewusst, dass ich am Vortag nüchtern ins Bett gefallen war, hätte ich einen Kater vermutet. Zudem überfiel mich eine tiefe Einsamkeit, was seltsam war, denn ich lebte nun schon lange allein. Ich duschte, zog mich an und stellte fest, dass ich nichts zum Frühstücken im Kühlschrank hatte.

Missmutig ging ich zum Bäcker zwei Straßen weiter, wo ich mir ein belegtes Brötchen und einen großen Kaffee leistete. Kaum hatte ich mich gesetzt und in das Brötchen gebissen, sprach mich einer von Bürgermeister Helmuts Laufburschen an, dass er, Helmut, der Beste für Neuhausen sei, dass er alles für den Ort tun würde und dass ich ihn auf jeden Fall wählen müsste. Ich fuhr den jungen Mann mit den Worten an, dass ich diesen Nazi auf keinen Fall wählen würde. Erschrocken verließ er die Bäckerei.

Ich wusste nicht genau, warum ich das getan hatte. Eigentlich hielt ich Helmut immer für das kleinere Übel und wählte ihn deshalb sogar heimlich. Als ich aber seinen Namen hörte, beschlich mich ein solcher Hass, dass ich mich nicht beherrschen konnte. So erging es mir an diesem Tag ein ums andere Mal. Ich sah in den Menschen ganz andere Seiten.

Am Abend setzte ich mich auf das Sofa und schaltete das Fernsehen ein. Wie immer lief nichts. Gerade wollte ich ausschalten und den fürchterlichen Tag mit einem frühem Zubettgehen beenden, als es an der Tür klingelte. Ich öffnete, und vor mir stand ein fünfzehn Meter langes Krokodil. Normalerweise hätte ich Angst haben müssen, eigentlich sogar Panik. Ich spürte jedoch nichts dergleichen.

„Willst du mich nicht hereinbitten? Hier draußen ist es kalt", maulte das Krokodil.

Mir hätten jetzt Gedanken wie „Ein Krokodil kann nicht reden" durch den Kopf gehen sollen, aber ich sagte nur: „Sicher, komm rein. Willst du was trinken?"

„Klar, einen flying Hirsch", antwortete das Reptil.

„Was willst du?", fragte ich irritiert.

„Erinnerst du dich an gar nichts mehr? Red Bull mit Jägermeister!", erklärte mir das Krokodil.

Ich ging daraufhin in die Küche, mischte den Drink, und da schoss es mir durch den Kopf: „Du bist Rudolph?", fragte ich, ohne zu wissen, woher ich den Namen kannte und was ich mit ihm verband.

„Es kommt also wieder. Ich meine, deine Erinnerung."

Ich trat mit dem Getränk ins Wohnzimmer: „Nicht wirklich", gab ich zu.

„Macht nichts, es braucht Zeit. Aber willst du gar nicht wissen, warum ich da bin?"

„Warum bist du da?", frage ich wenig interessiert.

„Weil wir ein Team sind, ein verdammt gutes Team. Und gemeinsam, mit unseren Freunden können wir es packen!", schmetterte das Krokodil heraus.

„Und was können wir schaffen?", fragte ich verdattert.

„Na, die Weltherrschaft an uns reißen!", brüllte Rudolph euphorisch. Und nachdem seine Worte nicht den seiner Meinung nach gewünschten Effekt erzielt hatten, fügte er unsicher hinzu: „Machst du mit?"

„Klar, hab eh gerade nichts Besseres zu tun."

„Super, dann werden wir jetzt was gegen dein Einsamkeitsgefühl tun! Da gibt es eine Schreinerin, die wartet schon auf dich." Und, nach einem kurzen Blick in mein verwirrtes Gesicht: „Du wirst dich schon noch erinnern. Komm mit, Pinky!"

Kapitel 31

Vor meiner Haustür stand ein Lastwagen, den der Schriftzug eines großen Zirkus zierte. Etwas kleiner war das Schild, das vor lebenden Löwen warnte, die in dem Hänger transportiert würden. Am Steuer fiel mir ein zitternder Fahrer auf, der panisch zu uns herübersah.
„Was ist mit dem? Wolltest du den fressen?", fragte ich Rudolph, der empört seinen massigen Kopf schüttelte.
„Ich fresse doch nicht unseren Fahrer!", erklärte mir das Reptil.
„Aber ich hatte schon so lange keinen Löwen mehr auf dem Teller, ich konnte nicht widerstehen", fügte er beiläufig hinzu.
Wir stiegen ins Führerhaus und das Krokodil erklärte, dass wir nach Hamburg wollten. Dann setzte sich der Truck in Bewegung.
Wir kamen nicht weit. An der Ortsgrenze standen zwei Jungs und zwei Mädels mitten auf der Straße. Das war an sich nicht ungewöhnlich, aber sie waren seltsam gekleidet: Einer der Jungen trug Strumpfhosen und hatte einen Bogen über der Schulter. Was noch ungewöhnlicher war (es fiel mir aber erst bei genauerem Hinsehen auf): Es waren Tiere bei der Gruppe. Bei dem Kleinsten saß ein Vogel auf der Schulter, der Junge in den Strumpfhosen hatte eine Schlange zu seinen Füßen, und eins der Mädchen trug ein Eichhörnchen auf dem Arm. Dann fiel mein Blick auf das zweite Mädchen und ich spürte ein Kribbeln im Bauch.
„Melanie", sagte ich, ohne zu wissen, woher ich diese Erkenntnis hatte.
„Gut, deine Erinnerung kommt langsam zurück", stellte Rudolph fest. Ich nickte unsicher.
Der Lkw kam nur wenige Zentimeter vor der Gruppe zum Stehen. Erst jetzt sah ich den Pudel, der neben Melanie stand.
„Lutz? Ich dachte, er wäre tot!", sagte ich unsicher.
„Wir sind in der Zeit fast ein Jahr zurückgereist", erklärte das Krokodil.

„Aber wie kann das sein?"

„Ich bin mir nicht sicher. Zu gegebener Zeit kommen wir auf die Frage zurück."

Ich riss die Tür auf und sprang auf die Straße. In diesem Moment war meine ganze Erinnerung wieder da. Ich nahm Melanie in die Arme, und wir küssten uns lange, sehr lange. Nach einer Viertelstunde tippte Jens mir auf die Schulter.

„Ich will ja nicht stören, aber wir stehen hier mitten auf der Straße, und ..." Damit deutete er auf Autos, die sich bis zum Horizont stauten.

Ich nahm mir trotz des wütenden Hupens die Zeit, alle zu begrüßen, bis aus einem Wagen ein Muskelberg stieg. Ich kannte ihn zwar nicht, aber bei ihm wusste ich sofort, wer er war. Ich drehte mich zu ihm und sagte in einem ruhigen, aber bestimmten Ton: „Egon, entweder du gehst jetzt sofort zurück ins Auto oder du wirst Krokodilfutter!"

„Sei doch nicht so. Ich wollte doch nur Rudolph begrüßen."

Ich sparte mir zu fragen, warum er sich erinnern konnte und wandte mich Lutz zu. „Was ist mit dir passiert? So schwarz? Unter die Gothics gegangen?"

„Ich musste einsehen, dass es so nicht weiterging. Ich brauchte einfach einen Imagewandel. Ich habe mein Herrchen gebissen und bin abgehauen. Dann hat Melanie mich schwarz gefärbt", berichtete der Hund.

Wir stiegen auf die Ladefläche, aber der Lastwagen bewegte sich nicht. Ich ging nach vorn zum Führerhaus und schnauzte den Fahrer an, warum er nicht weiterfuhr, doch er deutete nur auf die Straße, wo Egon gerade Rudolph unter der Schnauze kraulte.

Mir kam fast das Essen hoch. Kurz darauf lösten sich die zwei voneinander und Rudolph stieg zu uns auf den Lastwagen.

Wir fuhren auf der Autobahn Richtung Frankfurt. Kurz vor der Stadt parkten wir und richteten unser Lager für die Nacht. Jens schoss mit Pfeil und Bogen ein paar Rebhühner, die mit den Worten „Viel Federn, wenig Fleisch" recht treffend beschrieben waren. Rudolph ging maulend in den Wald. Das Letzte, was ich verstand, bevor er in der Finsternis verschwand, war: „So wie Menschen jagen, wundert es mich nicht, dass die Hälfte von denen Gemüse frisst." Wenig später kam er mit zwei Wildschweinen unter den Vorderpfoten zurück. „So jagt man!", erklärte er lässig und warf die zwei Eber neben das Feuer.

„Ja, Obelix!", lästerte ich.

Er sah mich strafend an. „Mach so weiter, dann landest du selbst auf der Speisekarte. Mir ist es egal, notfalls kann auch Egon auf mir reiten."

„Jetzt, wo du es sagst: Ich hatte vorhin auch den Eindruck, dass er auf dir reiten wollte", legte ich nach.

Rudolphs Kopf änderte die Farbe von grün zu rot. Während ich mein Schwert hob, fotografierte Rainer das Rotkopfkrokodil mit seinem Smartphone und stellte das Bild bei Facebook rein. Zu meiner Verwunderung sagte Rudolph nichts. Den ganzen Abend über verhielt er sich seltsam und auffallend wortkarg. Später in der Nacht, als wir auf der Ladefläche lagen und zu schlafen versuchten, flüsterte Rudolph: „Meinst du wirklich, für Egon ist das was Sexuelles?"

„Mach dir keine Sorgen, Rudolph. Selbst wenn, er ist Bodybuilder. Was soll er mit seiner winzigen Rute bei einem so großen Krokodil wie dir schon erreichen?", frotzelte ich.

„Nein, so war es auch nicht gedacht. Wenn hier jemand fickt, bin ich es!", erklärte das Reptil entrüstet. Ich antwortete nicht, aber die ganze Nacht geisterten mir bestimmte Bilder durch den Kopf.

Kapitel 32

An einem anderen Ort tobte der Tod. Sie hatte Gott und Satan zu sich ins Büro bestellt. Jetzt saß sie hinter ihrem Schreibtisch und schwieg. Der Teufel wusste, dass das kein gutes Zeichen war. Er hoffte, dass sie wenigstens brüllen, Schimpfworte über sie regnen lassen würde. Aber sie sah ihre beiden Opfer nur an und schwieg. Satan knickte zuerst ein.

„Es ist alles nicht so gelaufen, wie wir es geplant hatten", versuchte er sich zu rechtfertigen.

Sie bewegte keinen Muskel.

„Wir haben alles zurückgestellt", wimmerte Gott, „alles, die ganze Zeit. Aber dieses verdammte Krokodil kann sich trotzdem an alles erinnern! Und mit ihm erinnern sich alle in seinem Umfeld, das musst du doch verstehen! Das konnten wir doch nicht ahnen!"

Ob der Tod mit ihnen einer Meinung war, war durch nichts zu erkennen. Sie saß weiter reglos hinter ihrem schweren Eichschreibtisch und schwieg.

Gott und Satan wurde langsam klar, wie tief sie in der Scheiße saßen. Kalter Schweiß trat ihnen auf die Stirn; Gott begann sogar zu zittern.

Dann sprach der Tod endlich: „Ihr zwei verdammten Arschlöcher."

Das Gebäude erbebte; Fenster zerbrachen im Umkreis von Kilometern. Dann redete sie fast schon flüsternd weiter: „Ihr bringt das in Ordnung, sofort. Keine sprechenden Viecher mehr. Keine menschenfressenden Krokodile in Dorfteichen. Und vor allem keine Typen, die sich an irgendwelche Weltuntergänge in Zukunft erinnern. Ich will, dass alles so ist wie zuvor. Alles. Habt ihr zwei Deppen mich verstanden?"

Die beiden nickten.

„Und räumt hier auf und repariert die Fenster! Ich gehe jetzt Golf spielen. Wenn ich zurück bin, ist hier alles wieder picobello, haben wir uns verstanden?"

Ohne einen Gruß verließ sie den Raum.

„Da haben wir ja noch mal Glück gehabt", meinte Gott.

Erleichtert machten sich die beiden an die Reparatur der Fenster.

„Und wie sollen wir das Problem lösen?", fragte Gott und fluchte kurz darauf laut, weil er sich zum wiederholten Mal mit dem Hammer auf den ohnehin schon malträtierten Daumen geschlagen hatte. Leider hatte er zwei linke Hände. Entgegen anderslautenden Berichten hatte er weder die Welt in sechs Tagen erschaffen noch hätte er in der angegebenen Zeitspanne auch nur ein Billy-Regal zusammenbauen können.

„Wir töten dieses verdammte Krokodil. Dann wiederholen wir den Reset, und schon ist alles wie zuvor", meinte Satan und wechselte elegant das Thema. „Und jetzt geh erstmal zum Werksarzt und lass dir die Finger verbinden. Und dann koch Kaffee. Ich reparier das hier noch schnell und komme dann nach."

Kapitel 33

Die Sonne weckte uns, und Rainer machte sich daran, das Feuer neu zu entfachen und auf der Glut so etwas Ähnliches wie Kaffee zu kochen. Ich und Jens liefen zum Autohof, um da Kaffee zu trinken und eine Currywurst mit Pommes zu essen. Was Melanie zu einem morgendlichen Currywurstessen nötigte (ist ja voll eklig!): Sie wusste es einfach nicht besser.

Hektor, Rainers Vogel, war als einzigem aufgefallen, dass unser Fahrer das Dunkel der Nacht zur Flucht genutzt hatte, aber aus Gründen, die nur ihm einleuchteten, behielt er ein Wissen für sich.

Als wir zurück zum Truck kamen, herrschte helle Aufregung. Alle wussten, dass unser Fahrer desertiert war. Lutz, der alles besonders gut machen wollte, sprang auf die Ladefläche und weckte Rudolph, um ihm die schlechten Neuigkeiten zu berichten. Rudolph bemerkte gerade noch rechtzeitig, was er da runterschlucken wollte und spuckte den Pudel wieder aus. Das Krokodil tobte vor Zorn, hauptsächlich, weil es versäumt hatte, den Fahrer einzusperren oder wenigstens zu fesseln. So wurde seine Gutherzigkeit mit Füßen getreten! Doch es half alles nichts: Der Fahrer war über alle Berge.

Rainer hatte bei der Bundeswehr Lkw gefahren, und so wurde es seine Aufgabe, den Truck nach Hamburg zu fahren. Da seine Beine zu kurz waren, stellte sich Lutz mit den Vorderbeinen aufs Gas und mit den Hinterbeinen aufs Bremspedal und diente so als Beinverlängerung. Zu unser aller Glück hatte der Lastwagen Automatik, denn für das Betätigen der Kupplung war der Rüde nicht ausreichend bestückt. Weil Rainer zudem kaum übers Lenkrad sehen konnte, setzte sich Hektor auf den Rückspiegel und sah nach vorn. Weil die beiden Mädels am Leben hingen und sehen wollten, wann es Zeit wurde, das Führerhaus mit einem rettenden Sprung zu verlassen, saßen ich und Rudolph allein auf der Ladefläche und redeten über das weitere Vorgehen. Wenn ich ehrlich war, hätte ich auch lieber kontrolliert, wie und wohin Rainer fuhr, aber ich war zu dick und Rudolph zu groß, kurz: Für uns war vorne kein Platz mehr.

„Du willst immer noch zurück in deine Welt?", fragte ich. Ich erinnerte mich noch gut an die Schreckenswelt aus meinem Traum. Ich erinnerte mich daran, wie Kerstin, das intergalaktische Glühwürmchen, über dem Schlund zu Rudolphs Welt schwebte und sagte: „Ihr werdet sterben, wenn ihr diese Grenze überschreitet, kommt keiner von euch je zurück!"

Rudolphs Stimme riss mich aus meinen Gedanken.

„Das ist der Plan", bestätigte er.

„Und es gibt dort noch immer Monster und Drachen?", fragte ich weiter.

Rudolph nickte, und so kam ich zum Kern: „Wir sind zu zehnt, kaum bewaffnet. Wenn wir wirklich Selbstmord begehen wollen, können wir auch weiter Rainer den Truck fahren lassen."

„Falsch", korrigierte mich das Reptil, „wenn wir Jens fahren lassen würde, das wäre Selbstmord."

Ich dachte an die gut dreißig Punkte, die Jens in Flensburg angesammelt hatte und sagte: „Ja, verstehe. Aber mit Schwertern gegen Drachen? Muss das unbedingt sein?"

„Es geht nicht um die Zahl der Schwerter oder die Art der Waffen, sondern um die Überzeugung derer, die sie führen", erklärte Rudolph feierlich.

„Das hast du schön gesagt, ist das von dir?"

„Nein, sinngemäß von J. K. Rowling, du weißt schon, die Harry Potter geschrieben hat", gab Rudolph zu.

Wie wir so auf der Ladefläche saßen, ahnten wir nicht, dass nur wenige Kilometer entfernt zwei Typen standen, die uns nach dem Leben trachteten. Gott hatte die Erde aufreißen lassen und einen Lavagraben erzeugt, der die A6 bei Darmstadt in eine Todesfalle verwandelt hatte. Immer mehr Fahrzeuge fuhren auf den Graben zu, konnten nicht mehr rechtzeitig stoppen und stürzen in die glühende Flut.

Auch wir fuhren mit unserem Truck genau auf den Abgrund zu. Jens tippte gerade in sein Smartphone, und Melanie sah überall hin, nur nicht auf die Straße. Rainer konnte nicht übers Lenkrad schauen, und Lutz tat der Rücken weh. Und so kam es, wie es kommen musste: Wir sahen die Todesfalle zu spät, um noch bremsen zu können.

Was dann geschah, war so unglaublich, dass ich mich fast schäme, es zu berichten: Im Bruchteil einer Sekunde sprang Rudolph auf, rollte seinen Schwanz um das Gitter hinter dem Führerhaus und schleuderte seinen Körper über die Fahrerkabine vor den Lastwagen, um uns als Brücke zu dienen. In einem unmenschlichen Kraftakt hielt er diese Position so lange, bis wir den Abgrund sicher passiert hatten. Dann stürzte er hinunter in die glühende Masse.

Rainer trat so fest auf die Bremse, also auf Lutz´ Rücken, dass dieser vor Schmerz aufjaulte. Wir kamen nur wenige Meter hinter dem Höllenschlund zum Stehen.

In Panik rannten wir zurück zum Abgrund, aber es war zu spät. Wir konnten Rudolph nicht mehr sehen. Nur noch brodelnde Lava und Hitze schlugen uns entgegen. Verzweifelt rief ich nach meinen Freund, und dicke Tränen liefen mir die Wangen hinunter. Meinen Begleitern ging es ähnlich, bis auf Hektor. Er war ein Vogel, und die können eben nicht weinen.

Mitten hinein in unsere Trauer klingelte mein Handy. Ich nahm mich zusammen, wischte mir mit dem Pulloverärmel übers Gesicht und nahm das Gespräch an. Ich kam nicht dazu, meinen Namen zu sagen, da bellte mich eine allzu bekannte Stimme an: „Ich bin es, Rudolph. Ich stehe hier drei Kilometer hinter dem Graben auf dem Standstreifen und mir ist kalt, mir ist langweilig und ich habe Hunger. Wo bleibt ihr?"

„Rudolph! Wir dachten, du bist tot! Du bist doch ins Feuer gestürzt! Wie konntest du das überleben?" Meine Stimme überschlug sich vor Aufregung, während meine Kameraden gebannt auf meine Worte hörten.

„Ich habe nicht überlebt. Ich habe mich verwandelt. Früher war ich Rudolph der Graue, nun bin ich Rudolph der Weise", sinnierte das Reptil.

„Der Weise, ist klar." Wieder hatte ich das Gefühl, dass mein Freund zu viel Tolkin las.

Drei Kilometer weiter stand Rudolph auf dem Standstreifen und, welche Überraschung, er war immer noch grün. Aber ich sagte nichts. Was uns durch diesen Vorfall allerdings klar wurde: Wir brauchten einen vernünftigen Fahrer, und so machten wir in der kommenden Nacht Halt auf einem Autohof.

Der Plan war einfach: Wir würden warten, bis der erste Besoffene aus der Gaststätte torkelte, der bekäme dann einen Sack über den Kopf, und wenn er wieder nüchtern war, würde er unser neuer Fahrer sein. Und eins war klar: Den würden wir nachts ans Lenkrad ketten. Ein zweites Mal würden wir uns nicht so überrumpeln lassen!

Die ehrenvolle Aufgabe, diesen genialen Plan in die Tat umzusetzen, überließen wir Jens und Rainer. Die beiden mussten nicht lange warten: Bald trat der erste Besoffene vor den Autohof und schwankte zu einem blauweißen Mercedes. Dort angekommen, ließ er erstmal seinen Autoschlüssel fallen, hob ihn umständlich auf und öffnete seinen Hosenstall, um an die Fahrertür zu urinieren.

In diesem Moment zog Jens ihm eine leere Bierflasche über den Schädel, und Rainer streifte ihm den Sack über den blutverschmierten Kopf.

Ich wachte auf, als ich Rudolphs tadelnde Stimme hörte: „Ihr solltet einen einfachen Lkw-Fahrer bringen, der uns nach Hamburg fährt. Der Typ hier hat eine Polizeiuniform an! Gut, vielleicht kann er auch Lkw fahren, nur wir werden es nie erfahren, weil einer von euch Helden ihm den Schädel eingeschlagen hat."

„Was machen wir denn jetzt? Wir haben einen Polizisten getötet, wir sind im Arsch!", jammerte Jens.

„Setz ihn in seinen Streifenwagen! Bis seine Kollegen merken, dass da was nicht stimmt und er hin ist, sind wir über alle Berge. Vielleicht merken sie es auch gar nicht", schlug ich vor.

„Ja, aber der sitzt ja nicht allein im Auto! Polizisten sind immer zu zweit", erklärte Rainer besorgt.

„Das merkt der gar nicht", versuchte ich die beiden zu beruhigen und fügte hinzu: „Der kam allein aus der Gaststätte. Wahrscheinlich liegt sein Kollege mit Alkoholvergiftung unterm Tisch."

All diesen Spekulationen setzte Rudolph ein jähes Ende: „Die Mission ist zu wichtig. Wir können kein Risiko eingehen. Versenkt ihn im Fluss!", befahl er.

„Warum sollen wir ihn zum Fluss tragen? Du könntest ihn einfach fressen, dann wäre er auch weg", beschwerte sich Jens.

„Ich mache gerade Diät, und außerdem esse ich kein Aas", verkündete das Krokodil.

„Von wegen kein Aas! ich hab auf Wikipedia gelesen, dass ihr alles fresst!", maulte Jens.

„Mach nur so weiter und ich setze meine Diät für dich kurz aus", drohte Rudolph und beendete damit alle Diskussionen.

Wenig später trugen wir den toten Polizist zu dritt zum Fluss, als uns zwei seiner lebenden Kollegen mit Taschenlampen ins Gesicht leuchteten.

„Was machen Sie denn da?", fragte einer der beiden Uniformierten.

„Nach was sieht es denn aus?", fragte ich ihn. Er war mit der Situation völlig überfordert. Antworten musste er zuletzt auf der Grundschule. Jetzt sah er uns mit einem Blick an, der zu sagen schien: Ich wollte das alles nicht. Dann setzte sein Gehirn ein und er überlegte zwei Minuten. Schließlich setzte er zum Reden an, sagte aber nichts und überlegte weiter. Am Ende stammelte er ein: „Entschuldigung" und wandte sich zum Gehen.

Bis zu diesem Moment war alles in Ordnung gewesen, und das Ganze hätte gut ausgehen können. Doch jetzt erwachte der zweite Beamte zum Leben und bekam einen für seinen Berufsstand fast übernatürlichen Geistesblitz.

„Sie haben einen Polizisten ermordet", stammelte er tonlos.

Die bis zu diesem Zeitpunkt recht angenehme Stimmung fiel auf einen Schlag in den Keller. Der ältere Polizist ließ seine Taschenlampe fallen, um seine Dienstwaffe zu ziehen, sein jüngerer Kollege tat es ihm gleich, und so standen wir in absoluter Dunkelheit da und hörten, wie sich die beiden gegenseitig Vorwürfe machten, wie doof der andere sei. Ich ließ den Toten los und sagte mit entschlossener Stimme: „Schluss jetzt! Hände hoch! Waffe fallen lassen!"

Das war zwar ein billiger Bluff, aber da sie nicht sehen konnten, dass ich mit leeren Händen vor ihnen stand, warfen sie artig ihre Pistolen vor sich in den Dreck. Kurze Zeit später standen die zwei Superpolizisten nackt und bäuchlings mit ihren eigenen Handschellen gefesselt an dem Stamm, den sie innig umarmten.

Als wir zurück auf dem Parkplatz waren, quetschte Rudolph seinen massigen Körper hinter das Lenkrad des Trucks.

„Ich dachte, du kannst nicht Lkw fahren?", fragte ich.

„Hab ich nie gesagt. Ich mach es nur nicht gern, bekomme dabei Platzangst", erklärte Rudolph.

Als wir weiter in Richtung Norden fuhren, kamen uns auffällig viele Polizeiautos entgegen. Rudolph sah mich fragend an, aber ich sagte nichts.

So knapp dem Tod entronnen, hielt es Rudolph für cleverer, nicht unbewacht auf einem Autobahnparkplatz zu schlafen. Wir fürchteten, dass er uns zu Wachdienst einteilen würde, aber unserem furchtlosen Führer schwebte ganz anderes vor, und so parkte unser altersschwacher Zirkuslastwagen in erster Reihe vor einem Fünf-Sterne-Luxushotel in Frankfurt.

Ein Angestellter stürmte aus der Lobby und rief: „Hier können Sie aber nicht parken!" Dann, als er das Krokodil aus dem Führerhaus steigen sah, überlegte er es sich jedoch noch einmal und fragte lieber, ob wir Gepäck hätten. Der missmutig dreinschauende Herr an der Rezeption verkündete kurz darauf in einem freudlosen Singsang, dass alle Zimmer belegt seien, worauf Rudolph an ihn vorbei durch die Tür mit der Aufschrift „Hoteldirektor, Zutritt nur nach Aufforderung" trat. Nach nicht einmal fünf Minuten kamen das Reptil und, was uns alle verwirrte, ein gutgelaunter und nicht aufgefressener Hoteldirektor aus dem Zimmer.

„Geben Sie meinen Gästen so viele Zimmer, wie sie brauchen. Und sorgen Sie dafür, dass es ihnen in unserem Haus an nichts fehlt", befahl der Direktor. Dann schlug er Rudolph zum Abschied auf die Schulter und ging zurück in sein Büro.

Der Mann hinter der Rezeption stand lange reglos da und sah ungläubig zu der geschlossenen Tür. Schließlich wandte er sich dem Buch mit den Reservierungen für den Tag zu, schüttelte den Kopf und sagte etwas, das entweder als Fluch oder Verwünschung zu deuten war. Dann nahm er ein langes Seil und verabschiedete sich mit den Worten, er ginge auf den Dachboden.

Wir nahmen uns einfach ein paar Zimmerschlüssel. Wir gingen davon aus, dass er nichts dagegen haben würde. Dann machten wir uns auf den Weg zu den Aufzügen. Wie Rudolph die sündhaft teuren Zimmer bezahlt hatte, blieb sein Geheimnis, auch, wie er den Hoteldirektor dazu überredet hatte, in dem völlig ausgebuchten Haus sechs Zimmer zu bekommen. Im Fahrstuhl fragte ich ihn: „Hast du dem Hoteldirektor gedroht, ihn zum Abendessen zu verspeisen? Oder womit sonst hast du ihm die Zimmer aus dem Kreuz geleiert?"

„Ich kenne ihn und er war mir noch was schuldig", erklärte Rudolph.

„Will ich wissen, um was es da geht?", fragte ich.

„Nichts Schlimmes", plauderte Rudolph, „er kam ins Zimmer, als ich gerade seine Schwiegermutter zum Abendbrot aß."

„Ich verstehe. Deswegen ist er dir dankbar?"
„Nein, hör doch erstmal zu, bevor du dumm fragst! Er sagte danke, aber wenn ich ihm wirklich helfen wolle: Im Schlafzimmer liege seine Frau. Dann erzählte er mir, was sie ihm alles antat. Wie sie ihm seit Jahren das Leben zur Hölle machte. Eigentlich war mir das egal, aber der arme Kerl tat mir so leid, dass ich ins Schlafzimmer ging, die Frau, die drei Hunde und das Kind fraß. Wegen dem Hund war er mir sauer, aber jetzt sagt er, dass es ein kleiner Preis war für die Freiheit."
„Und warum hast du ihn damals nicht gefressen? Und sag jetzt bloß nicht, du wusstest, dass er eines Tages noch wichtig für uns sein würde!"
„Blödsinn, ich war nur satt", antwortete Rudolph.

Die Zimmer waren Weltklasse. In einigen war noch irgendein Gepäck, aber das beförderten wir durchs Fenster raus. Das Wichtigste war die Badewanne. Nach Tagen ohne Dusche war sie eine Wohltat. Ich nahm mir ein Bier aus der Minibar und legte mich rein. So hätte ich Stunden liegen können, wäre nicht Rudolph mit einer Zeitung unter dem Arm gekommen und hätte Anstalten gemacht, sich aufs Klo zu setzen.
„Was wird das denn", fragte ich misstrauisch.
„Was schon? Ich muss kacken", erklärte Rudolph, „und das riecht echt übel. Und da ich später noch baden wollte, dachte ich, ich benutze dein Klo."
„Falsch gedacht", sagte ich und warf ihn raus.

Später am Abend, als wir zusammen beim Essen im Hotelrestaurant saßen, erzählte mir Rainer, wie übel Krokodilscheiße stank und dass er seit Stunden nicht mehr in sein Bad konnte. Während der Rest von uns von den Ereignissen des Tages wie gerädert war und sich schon bald nach dem gemeinsamen Mahl aufs Zimmer verabschiedete, blieb Rudolph und ging in die Hotelbar. Dort ließ er sich Schnaps in Halblitergläsern bringen. Man konnte jetzt nicht sagen, dass Rudolph sich sinnlos besoff, weil Schnaps auf ihn dieselbe Wirkung hatte wie

Radler auf einen schweren Alkoholiker: Er konnte das Zeug saufen wie Wasser. Als er aber den fünfundsechzigsten Hochprozentigen gekippt hatte, war er so angetrunken, dass er „Ups, i did it again" mitsang, das zufällig gerade im Radio lief. Das jedoch war so fürchterlich, dass alle, die Zimmer in der Nähe der Hotelbar bewohnten (also alle im ersten und zweiten Stock) empört und fluchtartig das Hotel verließen. Doch Rudolph kam jetzt erst richtig in Stimmung. Er ließ sich Kirschwasser in Zehn-Liter-Putzeimern bringen und schlürfte es mit einem Trinkhalm. Inzwischen brauchte er keine musikalische Untermalung aus dem Radio mehr, sondern sang die Lieder aus seiner Erinnerung. Zu ihm gesellte sich noch der Mann aus der Rezeption: Er hatte ein Plastikrohr zum Erhängen gewählt und war kläglich gescheitert. Er trug noch den Strick um den Hals und war tropfnass. Innerhalb weniger Minuten hatte er, was den Grad der Alkoholisierung anging, zu Rudolph aufgeschlossen. Ich konnte wegen des Lärms nicht schlafen und fragte mich schon, wofür dieser Schuppen eigentlich fünf Sterne kassiert hatte, zog mich dann aber an, um in der Hotelbar einen kleinen Schlummertrunk zu nehmen. Ich sah nur noch, wie der Barkeeper flüchtete. Ich bediente mich selbst und setzte mich zu Rudolph an den Tisch.

Als ich Stunden später wieder aufwachte, war es hell. Ich lag in Rudolphs Zimmer, genauer, eigentlich nicht in seinem Zimmer, sondern in seiner Badewanne. Zu meinem Entsetzen war ich nackt und mein Kopf dröhnte. Vor der Badezimmertür war richtig Lärm. Ich hätte zwar gerne nachgesehen, was da los war, aber ich fand meine Kleider nicht, und so beschloss ich, erst mal stillzuhalten, bis die Luft rein war. Der Plan scheiterte daran, dass plötzlich ein Polizist die Tür eintrat und mich zu Boden warf. Sein Kollege sagte mit drohender Stimme: „Kommen Sie mit erhobenen Händen heraus, sodass ich Ihre Hände sehen kann!"

Gut, die Anordnung trug gewisse logische Widersprüche in sich, über die ich gern hinweggesehen hätte, aber ich lag nackt auf dem

Bauch, und ein Polizist drückte mir sein Knie ins Genick. Ich wollte dem Beamten schon sagen, für wie bescheuert ich ihn und seine Anordnung hielt, beließ es dann aber bei einem Grunzen.

Als ich mit hinter dem Kopf verschränkten Händen ins Zimmer trat, den Lauf der Dienstwaffe im Genick, bot sich mir ein Bild der Verwüstung: Der Fernseher lag zertrümmert auf dem Boden, das Bett war zusammengekracht und der Kleiderschrank umgeworfen. Inmitten des Chaos´ lag laut schnarchend Rudolph, der sich von den Uniformierten nicht wecken ließ. Immer wieder stachen sie ihm mit Besenstielen in die Seite und brüllten ihn an.

„Ich an eurer Stelle würde ihn nicht wecken. Wenn er nach dem Saufen aufwacht, ist er immer sehr hungrig", merkte ich schüchtern an.

Ich weiß zwar nicht, warum, aber die Polizisten bekamen meine Warnung irgendwie in den falschen Hals, und so kam ein Tierarzt vom Zoo, der dort die Elefanten betäubte. Eine Stunde später saßen wir beide in unserem Truck, der mit Vollgas auf der Autobahn in Richtung Norden raste. Leider mussten wir das Hotel so fluchtartig verlassen, dass wir keine Zeit hatten, unsere Freunde zu wecken.

„War es wirklich notwendig, dieses Blutbad anzurichten?", fragte ich Rudolph nach einem Blick in den Rückspiegel, der mir verriet, dass uns inzwischen gut ein Dutzend Polizeiwagen folgte.

„Die haben mir einen Speer in den Arsch gerammt! Hat dir schon mal jemand einen verdammten Speer in den Allerwertesten gestoßen?"

„Der arme Kerl hat es ja auch erst mit einem Pfeil probiert", wandte ich zaghaft ein.

„Ist doch völlig irrelevant! Er hat mir ..."

„Ja, ich hab verstanden", fiel ich ihm ins Wort. Nicht, dass ich es für angebracht oder gar für gut hielt, was der Tierarzt mit dem armen Rudolph getan hatte, aber immerhin hatte er überlebt, und darauf hätte ich keinen Pfifferling gesetzt, als er mit einem Schmerzensschrei die Augen aufgerissen hatte. Rudolph Augen traten fast aus den Höhlen vor Schock; dann wand er sich bei dem vergeblichen Versuch, sich den Speer aus dem Allerwertesten zu ziehen, wie ein Hund, der versucht, sich selbst in den Schwanz zu beißen. Dabei rief er panisch immerzu: „Zieh dieses Ding raus!"

Ich hätte es gern für meinen Freund getan, konnte es aber leider nicht, da ich mich lachend am Boden wälzte. Rudolph trampelte bei dem Versuch, sich selbst zu befreien, alles kurz und klein: Tisch, Schrank, Bett und Polizisten, kurz, alles was nicht genug Intelligenz hatte, ihm aus den Weg zu gehen. Dieser Umstand erklärte auch, warum der Tierarzt überlebte. Er hatte studiert und wusste, dass er besser in Deckung ging. Als ich Rudolph endlich den Speer aus dem Hintern gezogen hatte, lag ein Dutzend Beamte tot am Boden und ein Tierarzt lief um sein Leben.

„Das war so ein winziger Speer, du hättest dich wirklich nicht so anstellen müssen, ein großes Krokodil wie du", tadelte ich. Die Polizeiwagen hatten inzwischen bis auf wenige Meter aufgeschlossen und versuchten uns zu überholen.

Kapitel 45

Gott saß bei Satan im Büro. Der Fehlschlag von gestern lag ihnen noch schwer auf der Leber, und so tranken sie gemütlich Kirchwasser und hörten die Stones. Ohne anzuklopfen stürmte ihre Chefin in den Raum.
„Seid ihr beiden Komiker jetzt völlig verblödet?", brüllte sie schon in der Tür.
„Was meinst du?", fragte Satan mit Unschuldsmiene.
„Ich meine diesen mit Lava gefüllten Graben bei Darmstadt, in den fast zweihundert Autos gestürzt sind, weil er die Autobahn kreuzt!"
„Ach, das. Ist doch nicht so schlimm. In der Eifel sind eben noch aktive Vulkane", spielte Gott die Situation herunter.
„Bullshit! Vulkane! Den Scheiß kannst du höchstens Amerikanern erzählen! Jetzt ist endgültig Schluss! Ich habe euch oft genug gewarnt, wegen euch zwei Stümpern ist das Militär mit Kampfjets auf der Jagd nach einem Krokodil, das Hundertschaften von Polizisten killt!", brüllt sie mit unverminderter Lautstärke weiter.
Die beiden saßen da und warteten auf die angekündigte Strafe, aber es geschah nichts. Erleichtert sah Gott zu Satan mit einem Blick, der sagte: Da sind wir aber noch mal gut weggekommen. Wie immer hatte er vergessen, dass seine Chefin jeden seiner Gedanken live mithörte.
„Seid ihr nicht! Ich habe euch alles, sagen wir mal, fast alles genommen!", zischte sie, um dann erklärend auf dem Computer zu deuten.
„Macht mal Wikipedia auf und sucht nach den Rolling Stones!"
Mit schlimmen Vorahnungen taten die beiden, wie ihnen geheißen. Und da stand es schwarz auf weiß: Alle Bandmitglieder waren am Vortag bei einem Flugzeugabsturz gestorben.

Weinend brachen die beiden zusammen. „Was heißt hier fast alles? Du hast uns alles genommen!", brüllte Satan in seinem tiefen Schmerz.

„Nein, ihr habt noch ihre Musik. Aber überleg mal, wenn Mick Jagger, Keith Richards, Ron Wood und Charlie Watts nicht Musiker geworden wären, sondern die englische Curling-Nationalmannschaft, was das dann für ein tragischer Tag gestern für den britischen Curlingsport gewesen wäre! Und Lieder wie *The Last Time* oder *Get Off of My Cloud* gäbe es dann nicht, geschweige denn euern Lieblingssong *I Can´t Get No Satisfaction*."

Sie grinste ihre Untergebenen, denen alle Farbe aus den Gesichtern gewichen war, eiskalt an. Dann sagte sie: „Ihr sorgt dafür, dass dieses Krokodil dahin kommt, wo es hinwill. Ich will nicht, dass Horrorgeschichten über ein vom Militär getötetes Monsterkrokodil die Runde machen. Dieser Lavasee, der sich in Südhessen gebildet hat, verschwindet! Und das Luxushotel in Frankfurt wird wieder aufgebaut. Und übrigens: Verhindert einen Weltkrieg! Das ist diesmal nicht drin, verstanden?"

Damit verließ sie das Büro und pfiff dabei die Melodie von *I Can´t Get No Satisfaction*. Kaum hatte sie den Raum verlassen, tippte Satan bei Wikipedia die Worte: „England", „Curling" und „Nationalmannschaft" ein, um erleichtert zu lesen, dass er keinen der Namen, die er dort las, kannte.

„Aus der soll einer schlau werden! Erst soll das Krokodil weg, und jetzt soll ihm nichts passieren? Verstehst du das?", fragte Gott.

„Nein, aber jetzt haben wir erst mal einiges an Arbeit! Hast du eine Idee, wie wir diesen bekloppten Lavasee wieder verschwinden lassen sollen?"

„Mir fällt da bestimmt was ein", beruhigte Gott seinen Freund. „Dann machen wir es so: Du kümmerst dich um die Lava und ich mich um das Militär. Und um das Überleben von diesem nervtötenden Krokodil."

Kapitel 46

In Berlin saß derweil der Verteidigungsminister beim Bundeskanzler. Das Gespräch war natürlich geheim, und so kennen wir nur das Ergebnis dieser Unterredung: Am selben Tag wurden an einem hessischen Luftwaffenstützpunk, Kampfjets mit scharfen Luft-Boden-Raketen bestückt. In einer anderen Kaserne in Hessen wurden zwei Dutzend Leopard-2-Panzer munitioniert. Das Ziel war es, einen gewissen Lastkraftwagen zu stoppen und das Reptil, das sich darin befand, unschädlich zu machen oder zu töten.

So machten sich vierundzwanzig Kampfjets und genauso viele Panzer auf den Weg zum Gambacher Kreuz, weil ein General der Meinung war, dass genau dort der beste Ort sei für den Militärschlag. Um ganz sicher zu gehen, wurden rund um das Gambacher Kreuz Geschütznester ausgehoben und ein massives Aufgebot an Bodentruppen zusammengezogen. Auf keinen Fall durfte die Militäraktion scheitern!

Satan sah das Geschehen mit Unbehagen. Natürlich konnte er mit Leichtigkeit alle Angreifer vernichten, nur würde das die Chefin bestimmt nicht gutheißen, weil es Aufsehen erregen würde. Jetzt fuhr der Lastwagen auf das Autobahnkreuz, und die Kampfjets feuerten ihre Luft-Boden-Raketen ab. Auch die Geschützstände und Tausende von Soldaten mit Maschinengewehren nahmen den Truck ins Visier. Nur noch wenige Sekunden, und die Welt würde untergehen!

Satan musste eine Entscheidung treffen. Und so schleuderte er das Fahrzeug mitsamt den Insassen schließlich so weit weg, wie er konnte – auf einen russischen Zerstörer, der gerade in der Nordsee kreuzte.

Dann schlugen die Luft-Boden-Raketen in die Brücke, Panzer erwiderten das Feuer. Soldaten von der Nordseite des Autobahnkreuzes erschossen Kameraden, die im Süden standen und umgekehrt. Ähnlich verhielt es sich mit den Soldaten an der Ost- und Westseite: Die Geschützstellungen schossen auf alles und jeden. Fast die Hälfte der Beteiligten hätte diese sinnlose Schlacht überlebt, doch Satan war wieder mal der Meinung, dass keiner der Soldaten es verdient hatte zu überleben. So ließ er einen riesigen Meteoriten auf das Gambacher Kreuz fallen. Er stürzte im Zickzack vom Himmel und zerstörte auf seinem Weg zur Erde vierundzwanzig Kampfjets, bevor er im Zentrum der Schlacht einen zwei Kilometer großen und fast fünfhundert Meter tiefen Krater hinterließ, in dem alle Kämpfer verendeten.

Das war der Moment, wo Satans Chefin sich an ihrem Cocktail verschluckte. Doch der Höllenfürst hatte gerade eine Serie, und so verursachte der Meteoriteneinschlag geographische Veränderungen, die den Lavafluss direkt in seinen Krater lenkten. Das wäre nicht weiter schlimm gewesen, hätte auf dem Weg nicht ausgerechnet Frankfurt am Main gelegen. Durch Feuer starben noch einmal Tausende. Leider wusste Satan nicht, was er getan hatte: England hatte aber über Jahre hinweg eine grottenschlechte Curling-Nationalmannschaft, deren Skip Mick Jagger im Alter von fünfundvierzig Jahren an Lungenkrebs starb.

Kapitel 47

Rudolph und ich stürzten also auf dem russischen Zerstörer. Ich landete recht unsanft, und Rudolph schlug nur wenige Zentimeter neben dem Kapitän auf dem Deck ein. Dieser sah uns beide an und sagte: „Wer auf mein Schiff kommt, hat nur zwei Optionen: entweder sterben oder mit mir einen heben. Beides endet gleich."
Rudolph richtete sich auf, bereit zum Kampf. Ich legte meinem Freund beruhigend die Hand auf die Schulter: „Beruhige dich, den saufe ich doch unter den Tisch, kein Problem!", versicherte ich ihm.
„Hey, Meister", sprach Rudolph. Weiter kam er nicht, weil der Russe ihm ins Wort fiel: „Ich bin der Kapitän, Brigadegeneral Alexander Fadejew!"
„Klingt irgendwie nach Eiskunstläufer", lästerte Rudolph, nahm aber den Faden auf: „Meister, was bekommen wir, wenn wir dich schwulen Eiskunstläufer unter den Tisch saufen?"
„Ich bin nicht schwul!", brüllte Fadejew.
„Ist ja nicht so relevant. Von einem Eiskunstläufer würden wir uns genauso wenig unter den Tisch saufen lassen", stichelte ich.
„Aber er sieht schon ein wenig schwul aus", stichelte Rudolph weiter.
„Ich lasse euch vierteilen!" drohte der Kapitän. Dann brüllte er einen Matrosen an, er solle ein Fass Wodka bringen.
„Soll ich ihn nicht besser einfach fressen?", flüsterte mir Rudolph ins Ohr.
„Nein, lass mal, ich ab schon so lange keinen Rausch mehr gehabt, das wird bestimmt lustig."
Der Matrose kam, auf seinem Rücken ein Holzfass. Er schwankte und hatte sichtlich unter der Last zu kämpfen. Rudolph nahm ihm das Fass ab, öffnete es und trank es in einem Zug leer. Dann rülpste er und

verkündete gönnerhaft: „Das gebe ich euch vor. Ich wiege ja auch etwas mehr als ihr beide."

In diesem Moment wurde mir klar, dass ich leiden würde.

Wenig später kam der Matrose wieder angeschwankt, und wieder trug er ein schweres Holzfass auf dem Rücken. Rudolph wollte es gerade entgegennehmen, als der schwule Eiskunstläufer ein Machtwort sprach. Dann wurden die Wassergläser vor uns auf dem Tisch mit Wodka gefüllt. Rudolph beschiss uns weiter: In der Zeit, wo ich und der Kapitän ein Glas tranken, trank er das Drei- bis Vierfache. Das Letzte, woran ich mich erinnerte, war, dass mich Fadejew unter dem Tisch lallend fragte: „Hat Alkohol überhaupt Wirkung auf Reptilien?" Und dass ich dachte: Diese elende Ratte.

Zwei Tage später wachte ich auf. Mein Kopf schmerzte, und Kapitän Rudolph erklärte: „Fadejew hat sich in seiner Kabine erschossen."

„Schade, war eigentlich ein netter Kerl. Konnte er mit der Schande nicht leben?"

„Nein, während ihr beide Arm in Arm unter dem Tisch lagt, hab ich die restlichen vierzehn Fass Wodka vernichtet. Ich will ja nicht mit einer betrunkenen Besatzung die Falklandinseln einnehmen", erklärte Rudolph.

„Alkohol hat keine Wirkung auf Krokodile? Du hast uns reingelegt!", sagte ich meinem Freund.

„Für jemanden, der all sein Wissen aus der Wikipedia bezieht, nimmst du den Mund sehr voll", meinte Rudolph. Dann ging er zum Steuermann und erklärte ihm, wo wir hinwollten. Er schien keine Einwände zu haben – oder war schlau genug, sie für sich zu behalten. Er akzeptierte, dass Rudolph der neue Kapitän war, und so sah Rudolph davon ab, ihn zu fressen.

Irgendwann auf der Fahrt erzählte mir mein Freund, dass wir auf dem Weg zu den Falklandinseln waren, um sie von einem russischen Kriegsschiff aus anzugreifen. Rudolph war sich sicher, dass die Briten sich nicht wehren und sich bei den Amerikanern ausheulen würden.

Irgendwie glaubte ich, mich aus dem Geschichtsunterricht daran zu erinnern, dass dieser Vorgang nicht ganz neu war. Das war für sich schon bescheuert, aber Rudolph holte als Verstärkung nicht etwa die Rote Armee an Bord, nein, er holte Jens, in Strumpfhosen, den Bogen über der Schulter und das Smartphone in der Hand.

Immer mehr russische Schiffe gesellten sich zu uns und so, wie die Besatzungen mit Rudolph redeten, klang es, als sähen sie in ihm einen neuen Messias. Gut, ich kann jetzt eigentlich gar kein Russisch, und was sie sagten, hätte auch „Bitte fress mich nicht!" oder „Hör auf mit dem Scheiß!" heißen können, aber das mit dem Messias gefiel mir einfach besser.

Am Abend des 24. Dezembers kamen wir vor den Falklandinseln an. Wir verloren keine Zeit: Alle Schiffe machten sich sofort feuerbereit. Dann brach die Hölle los. Unsere Raketen schlugen auf dem Festland ein. Am Horizont sahen wir einen amerikanischen Flugzeugträger, Kampfjets näherten sich uns mit hoher Geschwindigkeit. Der russische Funker brüllte uns zu, dass der Präsident in Moskau seine Atomraketen startbereit hatte. Jetzt gab es keinen Zweifel mehr: Die Welt stand am Abgrund. Und in dieser für die Menschheit und ihren Fortbestand entscheidenden Stunde stand ich an Bord eines russischen Zerstörers und zog mein Schwert aus der Scheide.

Rudolph zischte in den Wind: „Lass diese Bastarde nur kommen!"

Leider konnte ich diese Zuversicht nicht teilen; ich bereitete mich vielmehr auf mein unausweichliches Ende vor. Doch in dem Moment, als ich mit mir völlig im Reinen war, blieb plötzlich die Zeit stehen, und in hellem Licht vor uns erschienen zwei langhaarige Altrocker. Rudolph sah sie an und grüßte sie mit den Worten: „Hallo, Gott, hallo, Satan, ich wusste, wir würden uns heute sehen. Was hat so lange gedauert?"

„Rudolph", zischte Satan, „du glaubst gar nicht, wie viel Ärger wir wegen dir hatten! Was soll dieser Blödsinn hier? Glaubst du wirklich, hier gibt es einen Eingang zu deiner Welt? Deine Welt ist diese hier, die, die du gerade zerstörst! Gott hat dich belogen, um das zu bekommen, was er wollte. Er hat dich benutzt, wie jeden, der blöd genug ist, ihm zu glauben."

Satan lachte schallend, Gott klatschte mit ihm ab und fügte hinzu: „Und es gibt sogar Menschen, die dafür bezahlt werden, meine Lügen weiterzuerzählen." Nun wanden sich beide vor Lachen.

Rudolph sah ungerührt zu mir. „Weißt du noch, warum wir hier sind?"

„Ja, weil du nach Hause willst."

„Nein, der andere Grund."

„Ach, das mit der Weltherrschaft", antwortete ich und sah meinen Freund eifrig nicken. Eine Sekunde später hatte er Satan verschlungen.

Gott sah Rudolph panisch an: „Das darfst du nicht", sagte Gott mit zitternd sich überschlagender Stimme.

„Willst du noch was Wichtiges sagen? Immerhin bist du ja Gott, und da erwarten die Menschen mehr als letztes Wort als so ein blödes 'Das darfst du nicht.'" Rudolph sah Gott auffordernd an. Dieser zitterte jedoch nur und stammelte Unverständliches.

„Das ist alles? Schade", sagte Rudolph und fraß Gott mit einem Schnapper auf. Nach einem lauten Rülpser nickte er mir zu.

„So, jetzt haben wir die Weltherrschaft. Der Job von Satan und Gott ist eben freigeworden. Was willst du sein?"

„Ja, wenn du schon fragst ... Satan wäre schon cool", antwortete ich.

„Ich glaube, du spinnst. Machen wir Schnick, Schnack, Schnuck!", forderte Rudolph.

Ich hatte Brunnen, Rudolph Stein.

„Dann ist ja alles klar", sagte ich lachend, „ich bin der Teufel."

„Ich kann heute auch zum zweiten Mal den Satan fressen", zischte Rudolph.

Ich sah meinen Freund an und überlegte. Dann sagte ich: „Okay, dann bin ich eben Gott. Ist ja auch nicht der schlechteste Job."

Kapitel 48

Die ersten Wochen nach unserer Machtübernahme liefen gut. Rainer wurde unsere Urlaubsvertretung. Wir wussten alle, dass er nur im Büro saß und Solitär spielte. Aber der Stuhl war besetzt, der Schein gewahrt. Wen juckte es, dass er nichts konnte und die Arbeit liegenließ? Melanie war unsere Schreibkraft und die einzige, die wirklich für ihr Geld arbeitete. So hätte es ewig weitergehen können. Nur Rudolph hätte es besser wissen müssen. Die Bande um Tod, Satan und Gott aufzufressen war zwar eine elegante Lösung gewesen, aber leider keine von Dauer. Immerhin waren die Jungs und das Mädel unsterblich. Und nach einem längeren Urlaub, den Satan und der Tod zusammen in Paris verbracht hatten, trafen sich die Drei, um sich ihre Jobs zurückzuholen.

Gott wollte einfach zu uns kommen, aber er erinnerte sich gerade noch rechtzeitig daran, dass er zwar nicht sterben konnte, der Weg durch einen Krokodilmagen aber nicht das Schönste war, was er in seinem Leben bisher erlebt hatte. Auch Satan und Frau Tod waren erschreckend wenig angriffslustig. Satan faselte sogar etwas von einer Musikbar, die sie zusammen eröffnen könnten, nur, was sollte das bringen ohne die Stones? Sie beschlossen, zu Rudolphs Familie zu gehen.

An einem unbekannten Ort, weit unter dem Atlantik, saßen Gott, Satan und der Tod zusammen an einem Tisch in einer heruntergekommen Bar. Die Möbel hatten, wie die Kellnerin, ihre besten Tage hinter sich, und was man auf den vor Dreck klebenden Tisch stellte, bekam man nur unter erheblichem Kraftaufwand zurück. In der Musikbox gab es keine Stones, und das Bier war so mies, dass es von spanischem kaum zu unterscheiden war. Ihnen gegenüber saß ein Krokodil, das fast einen halben Meter länger war als Rudolph, ein Drache und ein Tier, das aussah wie eine Vier-Meter-Henne in Rüstung.

Der Tod sprach: „Wie groß sind die Truppen, die ihr uns überlassen könnt?"

Das Krokodil sah verächtlich zu den drei Gestalten. Dann erfüllte seine tiefe Stimme den Raum.

„Wir sollen gegen meinen kleinen Bruder Rudolph und seine Menschenfreunde in den Krieg ziehen? Truppen? Pah, das erledige ich allein! Aber sag mir, du Witzfigur, einen Grund, weshalb ich dir überhaupt helfen und dich nicht gleich fressen sollte!"

Gott sprang auf. Er war der Mutigste von ihnen, und eigentlich war es auch seine Idee gewesen, hierher zu kommen. Satan und der Tod hatten ihre Gefühle zueinander wiedergefunden, und langsam konnte sie ihren Babybauch vor der Welt nicht mehr verborgen halten. Sie war sogar erleichtert. Wie hätte es in der Öffentlichkeit gewirkt, wenn in der Zeitung direkt neben dem Foto einer nackten Schönheit stehen würde „Tod schenkt neues Leben"? Und das mit einem Foto von ihr mit kugelrundem Bauch, nicht auszudenken!

Gott brüllte. Im Vergleich zu Odin, dem Alligator, der behauptete, Rudis Bruder zu sein, war es jedoch eher ein Flüstern: „Ich bin Gott, ich befehle dir."

„Du Wurm glaubst, mir, Odin, Befehle erteilen zu können? Ich könnte dich mit einem Schnapp auffressen! Aber Menschen schmecken scheiße, und satt wird man von euch Knochengestellen auch nicht", brüllte das Krokodil, und diesmal hörte es die gesamte Stadt unter dem Meeresboden.

Das Riesenhuhn warf ein, dass es zwar Odins Einschätzung glauben würde, aber noch nie einen Menschen gegessen hätte und nicht das Risiko eingehen wollte, sich den Magen zu verderben.

Satan, dem das Ganze langsam zu heiß wurde (er musste ja auch an sein ungeborenes Kind denken), gab zu bedenken: „Kommt, die Idee mit der Musikbar in Castrop-Rauxel war doch gar nicht so schlecht."

„Wir sollten versuchen, die Sache passiv zu klären", schlug der Drache vor. Er hatte eine leise Lispelstimme, die so gar nicht zu seinem mächtigen Körper passen wollte.

„Genau!" Weiter kam Gott nicht, denn mit einer lässigen Handbewegung hatte der Drache die drei Gestalten versteinert.

„Endlich Ruhe, die gehen einem echt auf den Nerv", sagte das Krokodil und fügte hinzu: „Wir müssen zu Rudi. Das Problem muss aus der Welt."

Wenige Minuten später flogen aus der Mitte eines Wasserstrudels am Bermudadreieck ein Krokodil, ein Drache und ein Vier-Meter-Huhn in Rüstung und erledigten im Vorbeiflug eine Flugzeugstaffel der US-amerikanischen Streitkräfte.

Kapitel 49

Die drei aus der Unterwelt trafen uns in einer kleinen Pizzeria in Neudorf. Die Stimmung sank sofort auf den Nullpunkt, weil ich mich beim Anblick eines Riesenhuhns mit Helm nicht zusammennehmen konnte und einen Lachkrampf bekam. Das war nicht ganz optimal für den weiteren Verlauf des Gespräches, aber dann kam der Koch und lachte noch lauter als ich. Das Huhn biss ihm den Kopf ab, kaute kurz und spuckte ihn sofort wieder aus mit den Worten: „Schmecken wirklich nicht, diese Menschen!"

Also blieben wir hungrig, da die Stelle des Küchenchefs so schnell nicht neu zu besetzen war. Das Gespräch lief in die Richtung, dass Odin seinem Bruder erklärte, er wolle sicher sein, dass sich die Geschöpfe der Unterwelt einmischten. Ich wunderte mich, warum der Drache nichts dazu sagte. Das Rätsel löste sich, als der Kellner ihn fragte, ob er seinen Eimer Whiskey mit oder ohne Eis wolle.

„Ohne Eis!", lispelte das Monster mit glockenheller Piepsstimme.

Der Kellner bekam sich nicht mehr ein – dann wurde er durch einen Feuerstoß geröstet und verschwand mit einem Bissen im Schlund des Drachens.

„Gegrillt geht der Geschmack", verkündete er piepsend.

Keiner lachte. Wir einigten uns auf einen Wettkampf, ein sportliches Kräftemessen um die Erde. Wie genau dies stattfinden sollte, an welchem Ort und nach welchen Regeln lag in den Händen von Fritzi, dem Riesenhuhn. Der hatte freilich zunächst einmal Wichtigeres zu tun und grillte den Barkeeper.

Zwei Wochen später trafen wir uns auf dem Dorfplatz von Neudorf. Aus nicht erklärlichen Gründen hatte kein Lokal im Umkreis von fünfzig Kilometern einen Tisch frei gehabt. Fritzi erklärte, dass er das ultimative

Endgame um die Herrschaft über die Erde gefunden hatte: ein Minigolfspiel nach den zehn Regeln des Huhns. Sie lauteten wörtlich:

Regel Nr. 1: Es spielen nur Menschen.
Regel Nr. 2: Die Bahn darf nicht verändert oder gesäubert werden.
Regel Nr. 3: Jeder spielt mit demselben Schläger.
Regel Nr. 4: Alle Bahnen werden mit einem Ball gespielt.
Regel Nr. 5: Für jedes Ass müssen alle anderen ein Bier trinken.
Regel Nr. 6: Für jeden 7er muss der Spieler selbst ein Bier trinken.
Regel Nr. 7: Für das Urinieren auf dem Wettkampfgelände gibt es einen Strafschlag.
Regel Nr. 8: Wer sein Bier nicht austrinkt, bekommt 5 Strafschläge.
Regel Nr. 9: Wer sein Bier verschüttet, bekommt 10 Strafschläge.

Regel Nr. 10 war etwas unangenehm: Das Verliererteam würde gegrillt werden. Regel 1 zwang uns, einen Ersatz für Rudi zu suchen. Aus meiner langen, erfolglosen Phase als Schachspieler erinnerte ich mich an meinen alten Schachfreund Buddy. Der konnte zwar nicht Minigolf spielen, aber in Bezug auf Trinkfestigkeit war er Rudolph bestimmt ebenbürtig. Der Drache fluchte, als er mit Buddy in den Krallen angeflogen kam.

„Für den Fall, dass ihr gewinnt: Entweder er nimmt fünfzig Kilo ab oder er fährt mit dem Zug zurück. So einen Flug macht mein Rücken kein zweites Mal mit!", erklärte er, sichtbar am Ende seiner Kräfte.

Wir waren in Haßloch – das Dorf, das angeblich das größte Dorf Deutschlands sein soll. Ob das stimmt, weiß ich nicht, aber es ist auf jeden Fall das eintönigste Kaff der ganzen Republik.

Etwas außerhalb, am Parkplatz eines Einkaufzentrums, lag ein verwilderter Minigolfplatz. In den Ritzen der Steinplatten wuchsen Gras, Blumen und kleine Bäume. Überall lagen Tannenzapfen, und Büsche wucherten über die Spielfläche. Jens, der schon Minigolf in der Liga gespielt hatte und für den Wettkampf extra seine Ballkoffer und seinen Profischläger mitgebracht hatte, holte Handfeger und Dreckschippe hervor. Fritzi sah ihn tadelnd an.

„Regel 2, Die Bahn darf nicht verändert oder gesäubert werden." Und, mit einem Blick auf den Drachen: „Diesen Koffer braucht er auch nicht!"

Jens konnte nicht einmal protestieren: Schon hatte der Drache seine Ausrüstung geschmolzen.

Dann kam der Lastwagen einer regionalen Brauerei und lieferte zwanzig Kisten Bier. Der Vogel zauberte einen alten, krummen Schläger und einen billigen Hartgummiball hervor und verkündete: „Jetzt geht es los!"

Kapitel 50

Das Spiel fing gut an. Buddy stand zu meiner Rechten und trank eine klare Flüssigkeit aus einer Edelstahl-Thermoskanne. Ein wenig Zielwasser brauche er, ohne könne er nichts.

Ich erinnerte mich an das letzte Duell mit ihm und sagte nicht, dass er auch mit Zielwasser nicht einmal einen Bus aus zwei Metern Entfernung träfe. Intaktes Ego, denke ich, ist alles – und blicke zu meinem zweiten Mitstreiter. Er tippt auf sein Smartphone ein, und langsam wird mir klar, dass ich im Arsch bin.

An den ersten drei Bahnen geschah wenig bis auf ein paar lustige Verputter, meist Tannenzapfen geschuldet, die genau im Weg lagen. Ein erstes Ausrufezeichen setzte Buddy, der an der vierten Bahn ein Ass schaffte und sich lautstark darüber beschwerte, dass alle anderen ein Bier bekamen, nur er nicht. Um zu vermeiden, dass er in Streik trat, bekam er meines und ich bekam Ersatz von Fritzi.

Dann kam Bahn fünf, wo es den Berg hochging und am höchsten Punkt mit genau der richtigen Geschwindigkeit ein Rohr getroffen werden musste. Das wäre unter normalen Bedingungen schon schwer gewesen, und hier lagen am Fuß der Steigung Hunderte von Tannenzapfen. Diese Komplikation führte zu fünf Strafbieren.

Buddy traf die Bahn schließlich im dritten Schlag. Das war aber egal, weil er sich inzwischen einen Kasten Bier zur Privatversorgung besorgt hatte und diesen nun von Bahn zu Bahn trug.

Ich selbst war mit mir sehr unzufrieden, denn ich lag mindestens zehn Schläge hinter Buddy zurück. Zur Halbzeit jedoch lagen wir knapp vorn, was zum größten Teil der jämmerlichen Leistung von Jens zuzuschreiben war. Zum einen war er nicht trinkfest, und zum anderen hatte er nur Augen für sein Smartphone, spielte Bahnen einhändig und beschwerte sich dann über den Zustand der Bahn. Was sollte ich dazu sagen?

An der achten Bahn hatte ich mein zweites Strafbier, weil mein Ball unter eine Wurzel gerutscht war und sich nicht mehr befreien ließ. Ich wusste nur eins: So konnte es nicht weitergehen mit unserem jüngsten Spieler! Ich klaute ihm einfach sein Smartphone, warf es vor mir auf die Bahn und trat darauf ein, bis es mit lautem Krachen zu Bruch ging. Dafür kassierte ich fünf Strafpunkte, weil Fritzi der Meinung war, ich hätte die Bahn verändert.

In der zweiten Hälfte des Spieles wurde das Pinkelverbot ein echter Gradmesser, und so konnte ich Schlag für Schlag auf Buddy aufholen. Während Odin schon mal den Grill anfeuerte, fuhr plötzlich ein Streifenwagen vor, und ein Polizist stieg aus.

„Was machen Sie denn hier?"

„Nach was sieht es denn aus?", fragte Rudolph, der zur moralischen Unterstützung mit auf der Anlage war.

„Sie grillen und spielen Minigolf", stellte der Beamte fest, der die Vorgänge messerscharf beobachtet hatte.

„Was ist das Problem?", fragte Fritzi, der auf den Tumult aufmerksam geworden war und nun herübergeflattert kam.

„Das ist Hausfriedensbruch! Sie dürfen nicht auf das Gelände!", erzürnte sich der Beamte, während sich sein älterer Kollege hinter dem Steuer hervorkämpfte, über den Zaun stieg und auf die Bierkästen deutete: „Kann ich eins?"

„Klar", meinte Rudi, „bedien dich."

„Danke", sagte der Polizist, öffnete eine Pulle und setzte sich neben Rudolph. „Bist du nicht dieses Krokodil, das Menschen frisst, wenn sie nerven?", fragte er nach dem ersten Schluck.

„Ja, kommt schon mal vor", gab Rudolph zu.

„Und woran liegt es? Mir geht er tierisch auf den Sack."

Rudolph nickte und stand auf. Er fraß den Polizisten, als er gerade die Anzeige schrieb.

„Oh, Manno, ich wollte ihn doch auf den Grill werfen!", beschwerte sich Odin hinter dem Grill.

Das Spiel endete unentschieden. Jens und der Tod waren so besoffen, dass sie nicht mehr stehen, spielen oder ihre Strafbiere trinken konnten. Buddy hatte inzwischen so viele Strafpunkte für wildes Urinieren kassiert, dass er die Führung an Satan abtreten musste, der nicht nur trinken konnte wie ein Gott (was eigentlich falsch war, denn den trank er unter den Tisch), sondern auch kaum pinkeln musste. Das Endergebnis, auch nach mehrfachem Nachrechnen: Unentschieden!

Fritzi war so enttäuscht, dass er vor Frust eine Herde Milchkühe von der Weide nebenan entführte und sie auf den Grill warf. Zu seiner Verärgerung aß Buddy davon allein.

Kapitel 51

Zwei Wochen später trafen wir uns wieder mit unseren Gegnern. Wir waren beim Griechen. Gott, Satan und der hochschwangere Tod und Buddy, Jens und ich. Odin hatte Rudolph davon überzeugt, dass er nicht in diese Welt gehörte, und so war er zusammen mit seinem Bruder, Fritzi und dem lispelnden Drachen zurück in die Unterwelt geflogen.

Wir wollten klären, wie es jetzt weiterging, bevor wir aßen. Der Hunger und die Drohung Odins, wenn wir uns nicht friedlich einigten, komme er und lasse sich „das Problem noch mal durch den Bauch gehen", ließen uns schnell eine Einigung finden.

Gott schlug vor, die geraden Wochen wäre er mit seinen Freunden im Amt, und bei ungeraden ich mit den meinen, aber die Idee fand keine Zustimmung. Ich wollte einen monatlichen Wechsel, sodass man auch mal länger in den Urlaub gehen konnte. Wir einigten uns schließlich, zusammen eine Musikbar in Berlin zu eröffnen und das mit dem Glauben anderen zu überlassen. Die Menschen glauben auch so an Gott und Satan, ob die Posten nun vergeben waren oder nicht. Und sterben konnte man auch ohne Tod.

Zur Vorspeise wählten wir alle Zwiebelsuppe – alle bis auf Buddy, der Gulaschsuppe bestellte. Meine Zwiebelsuppe war Zwiebelwasser mit Milch, und so schmeckte sie auch. Buddy suchte das Fleisch. Die Kellnerin räumte ab und fragte, ob es uns geschmeckt hätte. Ich sagte nichts, dafür aber Buddy: „Gehört in Gulaschsuppe nicht Fleisch? Ich konnte es nirgendwo finden!"

„Ich werde es dem Koch sagen."

„Brauchen Sie nicht, das sollte ein Koch auch so wissen", meinte Buddy.

Mein Bifteki war halb roh und ungewürzt, die Pommes ranzig und mein Jägermeister warm. Ich wollte mich aber nicht beschweren; ich hatte von allen immer noch das beste Essen.

Ich vermisste Rudolph. Schon jetzt, und er war gerade mal eine Woche weg. In der Ecke hing ein Fernseher. Ich sah hin und bekam gerade noch mit, wie der Skip der englischen Curling-Nationalmannschaft seinen letzten Stein viel zu lang und damit durch das Haus schoss. Mick Jagger gab daraufhin das Spiel auf. Der Typ ist wirklich eine Schande für den Curlingsport, dachte ich.

Epilog

Meine letzte Handlung als Gott war mir ein inneres Bedürfnis. Manchmal muss man etwas Verrücktes tun, auch, wenn man es später vielleicht bereut. In dieser Stimmung veranlasste ich, dass alle Waffen, die jemand zum Töten verwenden wollte, in genau diesem Moment zu Pudding wurden. Russland, China, Israel und Amerika hatten den teuersten Pudding, den man für Geld kaufen konnte, in ihren Waffenlagern.

Die Welt wurde danach friedlicher. Sogar Alt- und Neuhausen legten ihre Fußballteams zusammen und stiegen auf. Das Fischerfest wurde dieses Jahr von beiden Gemeinden zusammen ausgerichtet.

Alles hätte perfekt werden können, aber Amerikaner können sogar mit Pudding unschuldige Menschen töten. Berlin bekam die wohl coolste Musikbar der Welt. Zur Eröffnung kamen AC/DC, Metallica und Saltatio Mortis. Sogar der unfähige Skip der englischen Curling-Nationalmannschaft kam mit seiner Mannschaft. Nachdem sie bei der letzten Weltmeisterschaft mit null Punkten abgestiegen waren, hatten sie keinen Job mehr. Sie traten mittags auf, wo kaum Gäste da waren und nannten sich die Rolling Stones. Fand ich irgendwie passend, weil es mit den geschobenen Stones als Curler ja jahrelang nicht so wirklich geklappt hatte.

Impressum

Jürgen Rupprecht: *Gottes Krokodil*
© Jürgen Rupprecht 2016

Anschrift des Autors:
Jürgen Rupprecht
....
....
....

Handlung und alle handelnden Personen dieses Buches sind frei erfunden. Jegliche Ähnlichkeit mit lebenden oder bereits verstorbenen Personen wäre rein zufällig. Alle Rechte vorbehalten. Kein Teil dieses Werkes darf in irgendeiner Form (durch Fotografie, Mikrofilm oder ein anderes Verfahren) ohne schriftliche Genehmigung des Autors reproduziert oder unter Verwendung elektronischer Systeme verarbeitet, vervielfältigt oder verbreitet werden.